クトゥルフ神話検定
公式テキスト

朱鷺田祐介［監修］
植草昌実・笹川吉晴・朱鷺田祐介［著］
ナイトランド編集部［編］

新紀元社

【目次】

クトゥルフ神話序論　朱鷺田祐介 ——————————— 7

クトゥルフ神話通史　朱鷺田祐介 ——————————— 13

クトゥルフ神話・作家と作品《海外編》　植草昌実・笹川吉晴 —— 25

◆H・P・ラヴクラフト ——————————————— 26
無名都市 28／クトゥルフの呼び声 29／ダンウィッチの怪 31／闇に囁くもの 33／狂気の山脈にて 35／インスマウスの影 37／時間からの影 39／闇をさまようもの 41
◇ラヴクラフトの共作作品 ——————————————— 42
マーティン浜辺の恐怖 43／イグの呪い 44／電気処刑器 45／永劫より 46
◆フランク・ベルナップ・ロング ————————————— 47
喰らうものども 49／ティンダロスの猟犬 50／恐怖の山 51
◆クラーク・アシュトン・スミス —————————————— 53
魔道士エイボン 56／ウボ＝サスラ 57／七つの呪い 58
◆ロバート・E・ハワード ———————————————— 59
黒の碑 62／アッシュールバニパルの焔 63／妖蛆の谷 64
◆オーガスト・ダーレス ————————————————— 65
風に乗りて歩むもの 67／永劫の探究 68／潜伏するもの 71／暗黒の儀式 72
◆ドナルド・ワンドレイ ————————————————— 74
足のない男 75

◆ロバート・ブロック ─────────────── 76

星から訪れたもの 78／尖塔の影 79／無人の家で発見された手記 80／アーカム計画 81

◆フリッツ・ライバー ─────────────── 83

アーカムそして星の世界へ 84

◆ラムジー・キャンベル ─────────────── 85

恐怖の橋 88／妖虫 90／パイン・デューンズの顔 91

◆ブライアン・ラムレイ ─────────────── 92

大いなる帰還 95／妖蛆の王 96／地を穿つ魔 98

◆コリン・ウィルソン ─────────────── 100

ロイガーの復活 101

◆リン・カーター ─────────────── 102

墳墓の主 103／ヴァーモントの森で見いだされた謎の文書 104

◆スティーヴン・キング ─────────────── 105

呪われた村〈ジェルサレムズ・ロット〉107／クラウチ・エンド 108／N 109

◆F・ポール・ウィルスン ─────────────── 111

ザ・キープ 112／荒地 114

◆T・E・D・クライン ─────────────── 115

ポーロス農場の変事 116／王国の子ら 117／角笛をもつ影 118

◇SF作家の神話作品 ─────────────── 119

セイラムの恐怖 121／影が行く 122／クトゥルーの眷属 123

INTERLUDE　クトゥルフ神話と映像　朱鷺田祐介 ─────────────── 124

【目次】

クトゥルフ神話・作家と作品《日本編》　笹川吉晴 ──── 127

◇日本のクトゥルフ神話 ──────────────── 128
◆菊地秀行 ───────────────────── 139
妖神グルメ 142／YIG 144／邪神金融道 146

◆朝松健 ────────────────────── 148
　クン・ヤン
崑央の女王 151／邪神帝国 153／弧の増殖 156

◆友成純一 ───────────────────── 158
地の底の哄笑 160／覚醒者 161

INTERLUDE　クトゥルフ神話とコミック　朱鷺田祐介 ──── 163

クトゥルフ神話とゲーム　朱鷺田祐介 ──────── 166

「クトゥルフ神話検定」想定問題集 ─────────── 169

【資料編】───────────────────── 175

クトゥルフ神話序論
朱鷺田祐介

●邪神の世界への入り口

　ようこそクトゥルフ神話の世界へ。
　本書『クトゥルフ神話検定 公式テキスト』は、日本出版販売株式会社（日販）が行う「クトゥルフ神話検定」の参考書として、クトゥルフ神話に関するさまざまな知識をまとめたものです。
　クトゥルフ神話とは、1920年代から1930年代にかけてアメリカで活躍した作家ハワード・フィリップス・ラヴクラフト（1890-1937）とその仲間たちが創り出した人工の恐怖神話です。ラヴクラフトの死後も、友人の作家たちや後継作家たちによって書き継がれ、世界中に広がっていきました。その世界観を簡単にまとめると、以下のようになります。

　人類は地球の唯一の支配種族ではなかった。
　人類が誕生する前の超古代、原初の地球には外宇宙から飛来した異形の存在たち〈旧支配者〉が神のような存在として君臨していたのだ。混沌を支配する白痴の神アザトース、ひとつにしてすべてのものヨグ＝ソトース、海底の都ルルイエに夢見る大いなるクトゥルフ、神々の使者にして闇に吼える者ニャルラトテップ、名状しがたきものハスター、千の仔を孕む森の黒山羊シュブ＝ニグラスなど。彼らは星辰の移り変わりにより、地上からは姿を消したが、完全に消え去ったわけではなく、深海、地底、あるいは異次元に潜み、復活の機会を虎視眈々と狙っているのである。

その壮大なヴィジョンゆえに、ラヴクラフト自身はこれを、コズミック・ホラー（宇宙的な恐怖）と呼んでいました。

ラヴクラフトは、若くして父親を病気で亡くし、母親の溺愛の中で育ちました。若い頃から科学と文芸に才能を発揮しましたが、神経症でハイスクールを中退します。

20代になってから、アマチュア・ジャーナリズム、現代で言えば、創作同人の世界にふれたラヴクラフトは、母親の死を乗り越え、批評や文芸の世界で活躍しはじめます。そのときの仲間との交流が生涯、彼を支えていきました。同人仲間のソニア・グリーンとの結婚は破綻したものの、ラヴクラフトはパルプ雑誌《ウィアード・テイルズ》でデビューし、15年ほどの間に、30編強の作品を著しました。

同人仲間や同じ雑誌の作家たちとの交流の中で、ラヴクラフトは自分のアイデアを書き記しました。しばしば、書き上げた作品を投稿する前に、友人に郵送し、読んでもらうこともありました。時は1920年代から30年代、日本で言えば、大正の終わりから昭和初期、第二次大戦前夜です。電話はありますが、まだ限定されたもので、多くの連絡は郵便か電報、あるいは、直接、会いに行くしかありませんでした。そのため、ラヴクラフトは多くの手紙を書きます。今から見れば、文通魔といえるほど多くの手紙を書き続けました。

その結果、ラヴクラフトのアイデアに触発される形で、友人の作家たちが、ラヴクラフト作品と共通するスタイルやアイデア、あるいは、アイテムや世界観をもった作品を書きました。こうして、クトゥルフ神話の世界が広がっていったのです。

ラヴクラフトは47歳の年に内臓疾患（腸癌といわれる）でこの世を去りましたが、彼を敬愛する仲間たち、特に、オーガスト・ダーレスやドナルド・ワンドレイによって、ラヴクラフトの作品は散逸を免れ、後世に残りました。ダー

レスとワンドレイは、ラヴクラフトの作品を刊行するために、出版社アーカム・ハウスを創業し、ラヴクラフトをはじめとするパルプ作家たちの作品を刊行しました。その過程で第2世代のクトゥルフ神話作家である、ラムジー・キャンベルやブライアン・ラムレイが誕生します。

ダーレスの死後も、リン・カーターやＳ・Ｔ・ヨシといった研究者がラヴクラフトの著書を研究し、世に紹介していきます。いつしか、クトゥルフ神話はＳＦやホラー、ファンタジーの中で確固とした立ち位置を獲得していきました。やがて、日本でもラヴクラフト作品を始めとするクトゥルフ作品が次々と紹介されていき、菊地秀行、栗本薫といった人気作家がクトゥルフ神話作品に手を染めました。

同時に、クトゥルフ神話を題材としたテーブルトークＲＰＧ『クトゥルフの呼び声』(ケイオシアム、1981)が大人気を博したことから、小説以外のジャンルへと一気に広がっていきました(日本でも、ホビージャパン社から1986年に翻訳版が刊行されました。現在は『クトゥルフ神話ＴＲＰＧ』と改題し、エンターブレインから刊行されています)。

近年では、逢空万太のライトノベル『這いよれ！　ニャル子さん』が、ヒロインが邪神の使者ニャルラトテップの美少女化ということで、クトゥルフ神話要素一杯のパロディ系ラヴ(クラフト)コメ(ディ)としてアニメ化されました。『ニャル子さん』は、ニコニコ動画などで盛り上がっていたゲーム動画のクトゥルフ・ブームと重なり、クトゥルフ神話という存在を一気に広げることになりました。

●神話作品の定義

さて本文に入る前にご理解いただきたいことが何点かあります。まず、クトゥルフ神話に属する作品の定義です。

本書ではクトゥルフ神話に分類される作品を「神話作品」と呼びますが、神話作品と言っても、いくつかの系統があり、ラヴクラフト自身でも、後期の作品になるまでは統合化はしていませんでした。また、クトゥルフ神話が、ラヴクラフトのアマチュア気質とその友人関係から生まれたため、神話要素の解釈は作家たちの中でも不統一です。有名な邪神すら、作家によって呼び方も扱いも違っています。オリジナルの旧支配者を作る作家も多く、逆に、神話作品とは言えない作品に神話要素を加えて遊ぶマニアックな作家も少なくありません。そのため、クトゥルフやヨグ＝ソトースといった邪神、あるいは魔道書『ネクロノミコン』さえ出れば神話作品とも言えますし、一言も神話用語が出なくても、クトゥルフ神話と呼べる作品もたくさんあります。
　クトゥルフ神話そのものが非常に懐の深いムーブメントと言ってもよいでしょう。
　ロバート・ブロックは、ラヴクラフト研究書を執筆していた作家リン・カーターへの手紙で、クトゥルフ神話に参加するのは非常にゲーム感覚で楽しいものだったと述べています。ラヴクラフトと仲間たちは、それぞれが考えた魔道書や設定を互いに自分の作品に取り込みました。ブロックとラヴクラフトに至っては、作品中に互いをモデルにした人物を登場させ、神話の怪物に殺させるという遊びを行っています。
　クトゥルフ神話はもともと自由なゲームのようなものです。それは今後もそうであるだろうし、それだけに我々はこれからもさまざまな神話作品に出会えることでしょう。

●クトゥルフの表記について

　神話作品では「非人類的な恐怖」をテーマとしていたことから、作品中に登場する固有名詞の多くが造語で、人類には発音しにくい音が選ばれています。

神話の名前になっているクトゥルフ（Cthulhu）がその好例で、紹介者や作品によって訳語や表記が色々あり、チュールー、クトゥルフ、クトゥルー、クートゥリュウ、クスルウー、クルウルウ、ひいてはク・リトル・リトルにまでいたります。たとえば、本検定の典拠の第一に上げる創元推理文庫の《ラヴクラフト全集》ですら、長い年月の間に翻訳者が代わり、さらに翻訳者の中でも翻訳論が変化したことで、巻を追うにつれ、クトゥルフ、クルウルウ、クトゥルーと変化していきました。

　もともと異世界から来た旧神の名前を表現するもので、人間とは異なる口の構造をもつ者が発音した言葉なので、実際には正確に、人間の言葉で表現できるわけではありません。さらに、英語と音声表記の異なる日本語に書き写そうとした結果であるから、どの表記も正しいと言えば、正しいし、どの言葉も正確ではないと言えます。そのため、本検定では、どの訳語が翻訳上、正しいか？という設問はしないこととしましたが、さりとて、統一も必要です。そこで、本書では、監修者である私、朱鷺田祐介の判断で、クトゥルフを採用し、そのほかの神話用語に関しては、『エンサイクロペディア・クトゥルフ』（ダニエル・ハームズ著／坂本雅之訳　新紀元社）に準拠しますが、これはほかの表記を否定するものではなく、それぞれが自分の流儀にしたがってクトゥルフ神話の世界を楽しんでもらえればありがたいと思っております。検定という都合上、統一基準を作らざるをえないゆえの都合とご理解いただければ幸いです。

●付記１：資料について

　本書は、2013年5月31日までに日本で刊行された資料を元に作成されています。その後の新刊、新たに発掘された資料によって状況が変化していた場合は、本書のかぎりではありません。ご理解いただけましたら、幸いです。

●付記2：本書の枠組みについて

　本書は、クトゥルフ神話小説と、その作者の紹介を中心としています。

　これまでに、キャラクター（邪神、怪物、登場人物）やガジェット（魔道書など）の紹介を中心とした神話入門書やガイドブックが数多く出版されてきました。もちろん、それはそれで楽しいのですが、作家や、個々の作品を紹介しているものは少なく、広大な神話世界の一部しか見えてこないのではないか、という懸念もあり、本書ではあえて、そのような切り口は避けた次第です。

　逆に、これまでの類書の中では、もっとも多くの神話小説と作家を紹介し、読書ガイドとしても活用できるものになっていることと思います。検定のテキストとしてだけでなく、神話世界をより楽しむための水先案内として、ぜひお役立てください。

　なお、本書の制作にあたり、多くのクトゥルフ神話関連書を参考にさせていただきました。ほとんどは本文中に採り上げておりますが、『クトゥルー神話事典　第四版』（東雅夫著　学研M文庫）、『図解　クトゥルフ神話』（森瀬繚著　新紀元社）を、感謝をこめてここに加えさせていただきます。（植草昌実）

クトゥルフ神話通史
朱鷺田祐介

　クトゥルフ神話の歴史は、おおよそいくつかの時代に分けることができます。
　まず、クトゥルフ神話の祖、H・P・ラヴクラフトの活動時期で、最初の神話作品というべき「ダゴン」が1917年7月に執筆されたとされるので、この年から始まり、ラヴクラフトの死、1937年3月15日までをラヴクラフトの時代とします。

■ラヴクラフト略伝

　ハワード・フィリップス・ラヴクラフトは、1890年8月20日、ウィンフィールド・スコット・ラヴクラフトとサラ・スーザン・フィリップスの一人息子として生まれました。生まれた場所は母の実家があるロードアイランド州プロヴィデンス、エインジェル・ストリート194番。父は銀細工を扱うゴーハム商会の営業職員でしたが、1893年に発病してバトラー病院に入院し、5年後に亡くなりました。そのため、ラヴクラフトは母親のサラとともにプロヴィデンスの実家に戻ります。
　ここでラヴクラフト少年は、ゴシック・ロマンスを愛好した祖父ウィップル・フィリップスの影響で幼い頃から物語や古い書物に親しみます。6歳から自分でも物語や詩を作るようになり、9歳で科学を題材にした手書きの本を作るようになります。16歳になると新聞への投稿を始め、天文学の記事を新聞に連載するまでになりました。
　しかし、ラヴクラフトの前途は多難でした。1904年、実質的な保護者であっ

た祖父ウィップル・フィリップスの死により、母子は経済的な困窮状態に陥ります。父は1万ドルもの財産を遺しましたが、サラはその運用に失敗し、生活は苦しくなっていきます。

　ラヴクラフトは、ホープ・ストリート・ハイスクールに入学しましたが、神経症を患い、1908年、ハイスクールを退学し、創作もやめてしまいます。以降、約5年間、母とふたりで家に引きこもることになります。この時期のラヴクラフトは隠者のような生活でした。母のサラはラヴクラフトを溺愛していましたが、その反面、娘が欲しかった彼女は幼少時のラヴクラフトに女装させたり、成長し、男の子になっていくラヴクラフトを「醜い」となじったりする部分があり、甘やかされて育てられたラヴクラフトはある種の苦悩を感じていたようです。

　1913年、雑誌《アーゴシー》の投書欄でジョン・ラッセルを相手に文学論を戦わせます。これをきっかけに、1914年4月、アマチュア作家の交流組織、ユナイテッド・アマチュア・プレス・アソシエーション（ＵＡＰＡ）に入会して、アマチュア・ジャーナリズム（日本で言えば、文芸創作同人）の世界へと足を踏み入れました。当初は批評の面で活躍し、ＵＡＰＡの会長を務めるまでになります。20代後半に、創作同人の世界に飛び込んだラヴクラフトは、そこでフランク・ベルナップ・ロング、ラインハート・クライナー、ウィリアム・モー、サミュエル・ラヴマンなど多くの友人を得たほか、のちに結婚する年上の女性ソニア・グリーンと出会います。

　1917年、怪奇小説の執筆を再開し、同人誌に発表するようになりました。「墳墓」「ダゴン」が最初の年の作品です。1919年、ロード・ダンセイニの幻想作品と出会ったラヴクラフトは多大な影響を受けるとともに、ダンセイニ風の幻想短編を書きはじめます。

　1919年、母親のサラが精神のバランスを崩してバトラー病院に入院し、1921年5月に亡くなりました。母の死の直後は自殺すら考えたラヴクラフトでした

が、何年もの間、抑圧を感じていた母がいなくなったことにより、精神状態が改善され、外出するようになりました。同7月、ボストンで開かれたＵＡＰＡのコンベンションでソニア・グリーンと出会います。

再び文芸の道を歩みはじめたラヴクラフトは、1922年、「死体蘇生者ハーバート・ウエスト」を《ホーム・ブルー》誌に発表します。翌年、恐怖幻想小説を専門とするパルプ雑誌《ウィアード・テイルズ》が創刊されると、「ダゴン」など5編を送り、すべてが採用されました。ラヴクラフトの実質的な作家デビューです。同誌を媒介に、ロバート・Ｅ・ハワード、オーガスト・ダーレスなどと出会います。ダーレスは学生時代にデビューした若い作家でしたが、ラヴクラフトの作品と人柄に魅了され、積極的に、彼の発案した神話に参加していきます。

創作同人および雑誌の作家仲間とさかんに交流したラヴクラフトは、書き上げた作品を回覧して読んでもらったり、互いの創作に関する助言をしたりしました。この中から、のちに神話作品を生み出す素地ができていきていきます。たとえば、《ウィアード・テイルズ》にも作品が掲載されたクラーク・アシュトン・スミスはすでに詩人としてデビューしており、1922年に、ラヴクラフトの方からファンレターを送り、生涯の文通友達となりました。神格ツァトゥグアはスミスの発案をラヴクラフトが取り込んだものです。

1924年にソニア・グリーンと結婚し、ニューヨークで暮らしはじめましたが、ソニアの入院と転職をきっかけに、スレ違いが続き、結婚生活は破綻、26年の春にはラヴクラフトが故郷のプロヴィデンスへと帰っていきました。法的な離婚は1929年です。

1926年はラヴクラフトにとって変化の年となりました。故郷に戻ったラヴクラフトは、半自伝的な幻想短編「銀の鍵」で、ロード・ダンセイニ風の短編の総決算をする一方、代表作「クトゥルフの呼び声」を書き上げました。さらに、

ラヴクラフトのアマチュア的な側面が感じられる異世界ファンタジー長編「未知なるカダスを夢に求めて」に着手しました。以降、1930年代初頭まで、後にクトゥルフ神話作品の中核と見なされる中編・長編を執筆することになります。

1928年、アマチュア時代から友人の作家フランク・ベルナップ・ロングとはずっと文通し続けてきましたが、ロングが「喰らうものども」でラヴクラフトの創造した魔道書『ネクロノミコン』の一節を引用したことで、クトゥルフ神話用語をほかの作家が使うということが始まりました。ブロックのいう、この「楽しいゲーム」は、その後、ラヴクラフトと交流した作家たちの中に広がっていき、お互いの考えだした設定をお互いの作品の中で使い合うという、クトゥルフ神話の特徴ある動きが始まったのです。

また、この時期、ラヴクラフトは生活のために、小説の文章添削の仕事をしており、状況によっては大幅に書き換える代筆やゴーストライターに近い形で関与した作品もありました。そのさい、ラヴクラフトはクトゥルフ神話的な要素を加えることがあり、彼の添削した作品の多くが後にクトゥルフ神話作品と見なされるようになります。

ラヴクラフトは体調や生活の関係で寡作な傾向が強まり、1935年の「闇をさまようもの」が最後の作品となりました。1937年、内臓疾患でプロヴィデンスのジェイン・ブラウン記念病院に入院し、3月15日に死去。前年に、R・H・バーロウを遺著管理人に指名していました。死後、オーガスト・ダーレスとドナルド・ワンドレイが遺稿の保存と出版に奔走、結果として死の2年後に、彼らが設立した出版社アーカム・ハウスから、『アウトサイダーその他の物語』（The Outsider and Others）が出版されました。

■アーカム・ハウスの時代

ウィスコンシン州に住むオーガスト・ダーレスは、1926年《ウィアード・テ

イルズ》にデビューした若く活力のある作家で、同誌の先輩作家であるラヴクラフト作品に魅せられ、ラヴクラフトとの文通を始めます。友人マーク・スコーラーとふたりで書いた初期作品「潜伏するもの」など、幾多のクトゥルフ神話作品を書きました。いわゆるクトゥルフ神話という言葉は一般にダーレスが作ったとされています。実際には、ラヴクラフト自身が「狂気の山脈にて」の創作メモの中で「クトゥルフその他の神話」という形で使い始めますが、スミスやダーレスとの文通の中ではその都度、「ヨグ＝ソトース・サイクル」などと違う言い方をしています。その結果、公の場で「クトゥルフ神話」が用いられるようになるのは、ラヴクラフトの死後、ダーレスの発言からとなります。

ラヴクラフトがもっと評価されるべきと考えていたダーレスは、ラヴクラフトの死後、その遺稿や書簡、創作メモなどの保存収集を行い、それを刊行しようとしましたが、どこの出版社も引き受けてくれなかったため、ドナルド・ワンドレイとともに出版社アーカム・ハウスを創設し、ラヴクラフトの作品出版を行いました。ダーレスは生涯で200冊以上の作品を書くかたわら、アーカム・ハウスでラヴクラフト作品や関連するクトゥルフ神話作品を出版したり、ホラーやＳＦのアンソロジー編纂に関わったりし、その多くにラヴクラフトの作品を採り上げました。

さらに、ダーレスはラヴクラフトの創作ノートを元に多数の死後合作を発表しました。この中で、意識してクトゥルフ神話という形を形成していき、ラヴクラフトを神格化していきましたが、そこには、ダーレス独自の解釈も含まれており、この点で評価は左右されています。

また、ダーレスはクトゥルフ神話に関連するパルプ雑誌作家の作品集も刊行しており、その中にはヘイゼル・ヒールドの「博物館の恐怖」のような、ラヴクラフトによって添削された作品も含まれていました。

ダーレスは、1971年に死ぬまで、クトゥルフ神話の普及と育成に努め、仲間

の作家たちにクトゥルフ神話を書くように声をかけ続けました。ダーレスは、何人もの若い世代のホラー作家にも道を開きました。イギリスのラムジー・キャンベルやブライアン・ラムレイはダーレスに見いだされた才能で、彼の助言を受け、オリジナリティあふれるクトゥルフ神話作品を生み出しています。

　また英国の文芸評論家コリン・ウィルソンをクトゥルフ神話の世界に引き込んだのも、ダーレスの功績と言ってもよいでしょう。

■1970年代以降

　ダーレスはよくも悪くもクトゥルフ神話のドンでした。多くの人々がダーレスこそラヴクラフトの継承者とみなしていますし、彼のおかげでクトゥルフ神話やラヴクラフト作品が生き残ったのだと感謝していますが、彼の主導に反感をもつ者もいました。

　ダーレスの死後、編集者であり、作家でもあったリン・カーターが積極的にクトゥルフ神話の再評価を進めます。ダーレスの死後も、アーカム・ハウスはクトゥルフ神話作品の総本山でしたが、ラヴクラフトの評価はさらに一般化し、ラムジー・キャンベルやブライアン・ラムレイ、T・E・D・クラインのような第二世代作家が現在もクトゥルフ神話を書き続けています。ロバート・ブロックが自らの総括を含めて、クトゥルフ神話の総決算というべき『アーカム計画』を書いたのは1979年でした。ホラー界の大御所スティーヴン・キングもまた、ラヴクラフトのファンであり、「クラウチ・エンド」や「霧」のような作品を送り出しています。また、『ラヴクラフトの遺産』『インスマス年代記』のようなアンソロジーが生まれていきました。

　以降、クトゥルフ神話はSF作家やホラー作家たちの原体験のひとつとなり、多くの作家がクトゥルフ的な作品を書くようになりました。

　1981年に、ケイオシアム社が『クトゥルフの呼び声TRPG』を発売したこ

とは、特記しておくべきでしょう。これにより、パルプ・ホラーを読まないゲーマー層にも、ラヴクラフトとクトゥルフ神話の存在が広がっていきました。このＴＲＰＧは、1986年にはホビージャパンから日本語版が刊行され、同様の効果を日本のライト層にももたらすことになります。

　ケイオシアム社は後に、クトゥルフ小説の斬新なテーマ・アンソロジーを刊行するようになり、クトゥルフ神話の世界を豊穣にしていきます。ここから誕生し、日本語版も出版された『エイボンの書』は、クラーク・アシュトン・スミスのヒュペルボレア神話をさらに広げた作品集です。

　こうした"ラヴクラフトの子供たち"は、小説の世界だけでなく、映画の世界にも多く、ホラー映画の世界では、何度もラヴクラフト作品が映画化されています。たとえば、スチュアート・ゴードンの『ダゴン』は、非常に出来のよい「インスマウスの影」の映画化と言えますし、『ヘルボーイ』『パシフィック・リム』などで知られるギレルモ・デル・トロ監督が、ながらくラヴクラフトの「狂気の山脈にて」の映画化を計画しています。

■日本上陸

　1948年、探偵小説の大御所、江戸川乱歩が、《宝石》に連載していた「怪談入門」でラヴクラフト作品を紹介したのが、クトゥルフ神話の日本上陸とされています。ラヴクラフト作品が初めて訳されたのは1955年、《文芸》7月号に「壁の中の鼠群」（加島祥造訳）で、同年《宝石》11月号に「エーリッヒ・ツァンの音楽」（多田雄二訳）が掲載されました。翌1956年にはハヤカワ・ミステリのアンソロジー『幻想と怪奇2』に「ダンウィッチの怪」（塩田武訳）が収録され、集中的にラヴクラフトの紹介が進みました。国産初のクトゥルフ神話小説である高木彬光の「邪教の神」が発表されたのも、この年です。

■本格的な神話作品の翻訳紹介

　1972年、創土社から本邦初のラヴクラフト作品集『暗黒の秘儀』（仁賀克雄訳）が刊行されました。創土社はその後、《ラヴクラフト小説全集》にとりかかりましたが、未完に終わりました。

　時を同じくして、早川書房の《Ｓ－Ｆマガジン》1972年9月臨時増刊号で荒俣宏によるクトゥルー神話特集が組まれました。1976年には国書刊行会《ドラキュラ叢書》の一冊として、初の翻訳アンソロジーである荒俣宏編『ク・リトル・リトル神話集』が刊行されます。

　この流れを受け、80年代にはクトゥルフ神話作品およびラヴクラフト作品をまとめる動きが生まれました。青心社は《暗黒神話大系クトゥルー》（大瀧啓裕編訳）を1980年にスタート、文庫化をへて2005年までに13巻を数えます。国書刊行会も《真ク・リトル・リトル神話大系》と《定本ラヴクラフト全集》を刊行しました。創元推理文庫は70年代に出していた《ラヴクラフト傑作集》を吸収する形で、1984年から《ラヴクラフト全集》を刊行、2007年には本巻7冊、別巻2冊でラヴクラフトの作品を網羅しました。これらは現在、日本におけるクトゥルフ関係の基本図書となっています。

　さらに1984年からスタートした角川ノベルズの栗本薫《魔界水滸伝》が、クトゥルフ邪神群 vs. 日本妖怪連合の図式をもった大河ロマンシリーズとして、大人気を博し、同時期に次々と生まれた国産クトゥルフ作品、菊地秀行『妖神グルメ』、風見潤《クトゥルー・オペラ》などとともに、クトゥルフ神話を一気に普及させます。これに続いて、1986年には、ＴＲＰＧ『クトゥルフの呼び声』日本語版がホビージャパン社から発売され、ゲーム好きな人々に一気に広がっていきました。現在、日本のアニメ、ゲーム、漫画などのクリエーターの中には、80年代のクトゥルフ神話ブームに出会った人々が多く、21世紀のクトゥルフ作品へとつながっています。

90年代に入り、梅原克文『二重螺旋の悪魔』、朝松健『巫央の女王』、田中文雄『邪神たちの2・26』など国産の本格クトゥルフ神話が誕生しました。なかでも朝松健は作家であるとともに、根っからのホラー・ファンであり、出版社の編集者時代はクトゥルフ神話関係の企画編集に関わっていました。作家になった後もたびたび神話作品を手がけ、世紀の変わり目前後には、クトゥルフ神話関係のアンソロジーを編んでいます。1999年には、自ら設定した日本のインスマウスというべき夜刀浦を舞台にした日本作家による書き下ろしアンソロジー『秘神―闇の祝祭者たち―』を編纂しました。2002年には創元推理文庫にて、さらに日本作家を結集したアンソロジー『秘神界』(歴史編/現代編)を編纂、これは英訳され、Lairs of the Hidden Gods全4巻として欧米圏に送り出されました。

■21世紀のクトゥルフ・ジャパネスク

　21世紀に入っての最初の大きな波はゲームからやってきます。2003年に発売されたNitro+のＰＣ用の18禁美少女ゲーム『斬魔大聖デモンベイン』は、魔導書『ネクロノミコン』を美少女化したヒロイン、アル＝アジフと、魔術師探偵大十字九郎が、同じく美少女化した魔道書を操り、邪神復活を企てる魔術結社〈ブラックロッジ〉と、巨大ロボットで戦うという、いかにも日本らしい破天荒な作品でしたが、大人気を博し、アニメ化、小説化の流れの中で全年齢版も発売されました。

　これに続く形で、『クトゥルフの呼び声』ＴＲＰＧも、2004年にエンターブレインから『クトゥルフ神話ＴＲＰＧ』として復活しました。本書の監修者である私、朱鷺田祐介は縁あって、この時、一般向けにクトゥルフ神話を解説する『クトゥルフ神話ガイドブック』(新紀元社)を執筆させていただき、その後、続く神話ガイドの嚆矢となりました。

新紀元社とエンターブレインは、クトゥルフ神話関係を積極的にサポートし、その過程で神話用語事典『エンサイクロペディア・クトゥルフ』や『エイボンの書』といった貴重な文献が邦訳されることになりました。

　さらに、ラヴクラフト歿後70年となる2007年に合わせて、この前後に多くの出版社がクトゥルフ関連書を刊行。なかでも、ドナルド・タイスンの『ネクロノミコン　アルハザードの放浪』やジョン・ヘイの『魔道書ネクロノミコン完全版』など学研の躍進が目立ちます。

■ニャル子さんショック

　2009年、ソフトバンクＧＡ文庫より逢空万太のライトノベル『這いよれ！ニャル子さん』が発売されました。この作品は邪神ニャルラトテップを美少女化したニャル子をヒロインにして、クトゥルフ神話の題材をふんだんに取り込んだラヴ（クラフト）・コメディです。パロディ色の強い作品ですが、2012年春にはアニメ化されて、さらにクトゥルフ神話を広めるきっかけとなりました。その影響力の大きさは、放映開始とともに、オンライン書店のAmazonにて、『ラヴクラフト全集1』がベスト10に飛び込むほどでした。

　『ニャル子』ブレイクの背景には、2009年頃から、インターネットで静かなブームを呼んでいたクトゥルフ系ＴＲＰＧ動画の影響があると言われています。ファンがＴＲＰＧのプレイ風景を元にした自作ムービーをネット上で公開したものですが、ホラー要素のある映像作品として面白いため、人気を博しました。日本語音声合成ソフト「SofTalk」を使用したセリフの読み上げがある、いわゆる"ゆっくり"系は、無表情な音声がコミカルなホラーの雰囲気にマッチしていました。

■ニャル子以降

　ニャル子と並行する形で、2009年よりＰＨＰ研究所から、ラヴクラフト作品のコミカライズが始まったことも重要な話題です。『邪神伝説　クトゥルフの呼び声』から11冊刊行されており、ラヴクラフト作品がこれほどまとめてビジュアライズされたのは貴重なことです。青心社もクトゥルフ神話コミック・アンソロジー『クトゥルーは眠らない』1・2を刊行しました。

　『ニャル子』以降も、黒史郎の『未完少女ラヴクラフト』、森瀬繚＋静川龍宗の『うちのメイドは不定形』、くしまちみなと『かんづかさ』など、クトゥルフ神話を扱う作品が登場しています。

　さらに、2011年末に、リン・カーターの『クトゥルー神話全書』、2012年3月に、Ｓ・Ｔ・ヨシの『Ｈ・Ｐ・ラヴクラフト大事典』が邦訳されたことで、資料の面でもクトゥルフ神話の世界はどんどん充実してきています。

　2012年末には、創土社が《クトゥルー・ミュトス・ファイルズ》と銘打ち、菊地秀行の新作『邪神金融道』を刊行し、続いて、菊地秀行『妖神グルメ』、朝松健『邪神帝国』『崑央の女王(クン・ヤン)』を復刊、さらに、『ダンウィッチの末裔』から始まる、ラヴクラフト作品をテーマにしたオマージュ・アンソロジーを展開しています。

　また、2012年3月に創刊したトライデント・ハウスのホラー＆ダーク・ファンタジー専門誌《ナイトランド》は、創刊号で「ラヴクラフトを継ぐ者」を特集してクトゥルフ神話を採り上げており、毎回、最新作からラヴクラフト・サークルの作家の未訳作品の発掘まで翻訳ホラーの傑作を提供しています。かように、日本におけるクトゥルフ神話状況はさらに活気をもっていると言えます。

クトゥルフ神話・作家と作品《海外編》
植草昌実　笹川吉晴

　ここからは、クトゥルフ神話の代表的な作家たちと、一度は読んでおいていただきたい作品を、ご紹介していきます。

　これらはもちろん、ほんの一部の作品にすぎません。「クトゥルフ神話検定」の受験対策だけでなく、神話世界をより楽しむための参考にしていただければ、幸いです。

　「検定公式テキスト」という本書の性格上、ストーリーの要約には、いわゆる「ネタバレ」にしないよう留意したうえで、結末まで入れてあります。ご了解ください。

　海外編では、各作品を収録している書籍について、以下の略号と、収録巻を示す数字で表示しました。

全＝創元推理文庫《ラヴクラフト全集》1～7、別巻上下
定＝国書刊行会《定本ラヴクラフト全集》1～6（小説篇のみ）
神＝国書刊行会『ク・リトル・リトル神話集』
新＝国書刊行会《新編　真ク・リトル・リトル神話集》1～7
（オリジナル版との比較対照は資料編をご参照ください）
ク＝青心社文庫《暗黒神話大系　クトゥルー》1～13
（ハードカバー版との比較対照は資料編をご参照ください）

ほかの書籍については、紹介文ごとに記載しました。（U）

H・P・ラヴクラフト (アメリカ 1890-1937)
Howard Phillips Lovecraft

　H・P・ラヴクラフトの生涯については「クトゥルフ神話通史」に書かれているとおりなので、ここでは彼の作品とその背景についてご紹介します。
「人間の感情の中で、何よりも古く、何よりも強烈なのは恐怖である。その中でも、最も古く、最も強烈なのが未知のものに対する恐怖である」
　これは、ラヴクラフトの評論「文学における超自然の恐怖」(1926執筆、1939出版)の冒頭の一文です。これは欧米幻想文学小史ともいえる論文ですが、彼はこの中で、宇宙に満ちあふれる「原因も結果も理解しがたい現象」への、原始時代からの人間の「畏敬の念」や「恐怖感」を、「宇宙的恐怖」としてとらえています。
「子供はいつでもきまって暗闇を恐がるものであるし、また先祖代々受け継いできた衝動を敏感に感じとれる大人なら誰でも、道の生命体が棲息する隠れた測り知れない世界のことを考えればぞっとして身震いの一つもでるものであろう」
　そして、真の恐怖小説(ウィアード・テイル)には、ゴシック小説の殺人や幽霊の恐怖ではなく、「人間の頭脳が抱く考えの中で最も戦慄すべきもの——渾沌(カオス)からの襲撃や底しれぬ宇宙の魔神から、唯一我々を守ってくれる確固たる自然の法則を、悪意をもって一時停止させたり破棄したりすること」が書かれていなくてはならない、と述べています。フリッツ・ライバーが、ラヴクラフトを「怪奇小説のコペルニクス」と呼んだのも、このような新しい概念への転換を述べたからでしょう。
　この評論でラヴクラフトが言及している作家のうち、エドガー・アラン・ポオやアンブローズ・ビアスの諸作、アーサー・マッケンの「パンの大神」など、W・H・ホジスンの『異次元を覗く家』などや、ロバート・W・チェンバーズ

の「黄の印」は、彼のいう宇宙的恐怖を描いたものとして、クトゥルフ神話とは根底でつながると言えるでしょう。こと、「黄の印」で、チェンバーズがビアスの「大昔の無気味な土地と結びつきのある名前や暗示」を使っていることは、そのままクトゥルフ神話の手法に取り入れられています。

　ラヴクラフトが書いた小説のすべてがクトゥルフ神話ではないのですが、どれが神話作品であって、どれがそうでないか、明確な分類をするのはむずかしいことです。それは、「作品が『宇宙的恐怖』を主題にしているか否か」と、「クトゥルフ神話と結びつきのある名前や暗示があるか」という、2つの要素があるからです。

「インスマウスの影」や「ダンウィッチの怪」や「狂気の山脈にて」は、そしてもちろん「クトゥルフの呼び声」も、クトゥルフ神話であることに、異論はないでしょう。が、ニャルラトテップが名前だけ出てくる「壁のなかの鼠」や、ヨグ＝ソトースの名を含む呪文が唱えられる「チャールズ・ウォードの奇怪な事件」は神話作品なのか。神話作品「未知なるカダスを夢に求めて」と登場人物の共通する、ランドルフ・カーターものや「ウルタールの猫」「ピックマンのモデル」まで、神話作品と見なすべきか。研究者や読者の間でも、議論の尽きない問題です。

　本書では、ラヴクラフトが「宇宙的恐怖」を主題にし、かつ、クトゥルフ神話と結びつきのある「名前や暗示」を使っている、明確な神話作品を紹介します。

＊引用は「文学と超自然的恐怖」植松靖夫訳『底本ラヴクラフト全集7-Ⅰ』より。『文学における超自然の恐怖』（学研）の邦訳もある。（U）

無名都市（廃都） The Nameless City（1921） 全3、定1、新1

そは永久に横たわる死者にはあらねど
測り知れざる永劫のもとに死を超ゆるもの　（大瀧啓裕訳）

　狂気の詩人アブドゥル・アルハザードが、この意味のとれない連句を読む前夜、夢に見たと言われる都市。遠い昔に廃墟となり、砂漠の民はどの部族も、そこを禁忌した。
　ひとりそこに踏み込んだ私は、天井の低い神殿を見つける。狭い廊下を這うようにして奥に入っていくと、ワニにもアザラシにも似た異様な生物のミイラが収められた棺の並ぶ部屋があった。どれもが豪奢な衣をまとい、黄金や宝石で飾られている。そして、壁面にはこの都市に住んだ部族の歴史を描いたフレスコ画があった。壁画は、このアフリカ大陸が今の形を取るより昔、海辺に栄えた大都市からはじまり、人間が描かれるはずのところには、あの爬虫類の姿が描かれていた。やがて壁画は都市の衰亡と、爬虫類と人間との戦いの様子に変わっていった。
　私は恐れ、地上へ戻ろうとするが、そのとき強風が吹き込んできた。なぜかアルハザードのあの連句を必死で唱えていたが、投げ出された先は壁画の果て、真鍮の扉の向こうだった。
　私がどうやって地上に戻ったのかは、思い出すこともできない。ただ、あのとき目にした光景は、恐怖とともに今も脳裏に蘇る。あの爬虫類たちが、ミイラと同じように身を飾り立て、しかし生きて群れを成しているさまが。（U）

ポイント
・アブドゥル・アルハザードの名と彼の連句が初めて言及される作品。
・先史異生物の歴史をかいま見るという点でも、後の作品に深く関わる。

クトゥルフの呼び声 The Call of Cthulhu（1928） 全2、定3、ク1他

　1926年、プロヴィデンスにあるブラウン大学の名誉教授で、古代の碑文の権威であるジョージ・ギャメル・エインジェル教授が不可解な死を遂げた。船着き場から自宅へ向かう坂道の途中で、船乗りらしい黒人男性とぶつかった途端転がり落ちたのだが、死因はついに特定されなかった。教授の唯一の肉親である大甥の私、フランシス・ウェイランド・サーストンが遺品を整理していたところ、鍵のかかった木箱が現れた。中には奇怪な浅浮彫が施された粘土板と、新聞記事の切り抜き、そして教授自身の手記が収められていた。浅浮彫は蛸と竜と人間を混ぜ合わせたような生物の姿で、触腕の生えた頭部に貧弱な翼、胴体は鱗で覆われている。そして手記の表紙には「クトゥルフ教団（カルト）」と記されていた。

　手記によれば前年の3月1日、教授の許を若い彫刻家ヘンリー・アンソニー・ウィルコックスが訪れた。巨石の古代都市と、そこに響く「クトゥルフ・フタグン」なる声ならぬ声の夢に触発され、粘土版に奇妙な象形文字と怪物の姿を彫りつけたのだという。並々ならぬ興味を抱いた教授は、今後も夢の報告を依頼。ウィルコックスは連日訪れて「クトゥルフ」「ルルイエ」と声が響く巨大都市の夢について語っていたが、ついに錯乱状態に陥り、回復したときには夢の記憶をすっかり失っていた。教授の調査によれば2月28日から4月2日にかけて、ウィルコックスと同様の夢を見たという人間が多数存在。さらには世界各地で奇妙な狂乱や暴動が相次いでいた。

　教授がこの件に強い関心を抱いたのは17年前、考古学会での出来事からだった。ニューオーリンズ警察のジョン・レイモンド・ルグラース警部が、前年に湿地帯で起こった邪教徒の生贄儀式事件のさいに押収した、奇怪な小像を持ち込んできたのである。警部によれば、この蛸のような頭部に鉤爪の生えた四肢

と翼をもった怪物は、邪教徒たちが奉ずるクトゥルフ——人類誕生以前に地球に飛来し、星が正しい位置に来るのを待って眠り続ける"旧支配者"のものだという。海底に沈む巨石都市ルルイエが浮上し、クトゥルフが目覚めるとき、地上は大殺戮の炎に包まれるのである。彼らが儀式で唱えていた「フングルイ・ムグルウナフ・クトゥルフ・ルルイエ・ウガ＝ナグル・フタグン（ルルイエの館にて死せるクトゥルフは夢見るままに待ちいたり）」という呪文はその小像とともに、人類学のウィリアム・チャニング・ウェブ教授がかつてグリーンランドで出会った悪魔崇拝の部族のものと酷似していた。

　教授の遺稿に刺激された私は、ウィルコックスやルグラースらとも会い、調査を進めていく中で大伯父の死に疑念を抱く。あるいはクトゥルフ信者による謀殺ではなかったか——？

　やがて偶然目にした奇妙な海難事故の記事が、私から永遠に心の平穏を奪うことになった。25年の4月に太平洋上で救助された漂流者がもっていたという像が、まさにクトゥルフそのものだったのだ。そして、その貨物船員グスタフ・ヨハンセンが言葉少なに語った遭難の時間的経緯は、ウィルコックスらの夢による異変と軌を一にする。私は早速ヨハンセンの許に向かうが、彼もまた不可解な死を遂げていた。彼が遺した手記を読んで、私は遭難事件の真相を知る。

　暴風雨で航路を外れたところを邪教徒たちの武装船に行く手を妨害され、船を沈められたものの逆に相手方に乗り込んで制圧したヨハンセンたちは、進路妨害の理由を求めて進んだ洋上で、海底から隆起した巨大な石造りの神殿と遭遇する。すべてが宇宙規模で、非ユークリッド幾何学にもとづいて建造されたようなおそるべき神殿の奥で彼らが見たものは——。（Ｓ）

■ポイント
・神話大系の基本コンセプトが初めて打ち出された記念碑的作品。
・希有なクトゥルフ本体の出現。

ダンウィッチの怪 The Dunwich Horror (1929)　　全5、定4他

マサチューセッツの寒村ダンウィッチ（ダニッチの表記もある）に1913年、奇怪な赤ん坊が生まれた。堕落した家の血筋を引く白化症の女ラヴィニア・ウェイトリイが誰ともわからぬ相手との間に成したウィルバーは、驚異的な成長の早さで1歳に満たないうちから自在に歩きまわり言葉を操る。黒魔術を行うといわれる祖父の老ウェイトリイは村人に、ウィルバーの"父親"について奇妙なことをほのめかし、息子の能力や未来について大言するラヴィニアは、ウィルバーを連れて丘の上の環状列石で儀式めいたことをしているのが目撃された。

ウィルバーがぐんぐん成長するにつれ、ウェイトリイ家では近隣から牛を次々と買い入れたが、なぜかその数はある程度以上には増えず、しかも常に身体に奇妙な傷がついているのだった。そんな中、これまで使われていなかった2階が厳重に密閉され、唯一設けられた頑丈な扉に直結する地面からの傾斜路が作られた。そして年に2回、丘の頂の環状列石には炎が上がり山鳴りが響く。

ウィルバーが11歳のとき、彼に大量の書物を読ませ、さまざまな知識を授けた祖父、老ウェイトリイが亡くなったが、その直前彼は孫に「あいつ」と〈ヨグ＝ソトースの門〉について意味不明の忠告を遺した。2年後には母ラヴィニアが姿を消し、十代前半にしてすでに2メートルを超える巨漢となっていたウィルバーはひとり、祖父の蔵書にとどまらず稀覯書や禁断の書を渉猟してパリの国立図書館や大英博物館、ハーヴァード大学ワイドナー図書館、ブエノスアイレス大学、ミスカトニック大学付属図書館などと交渉を重ねていた。

14歳のとき、ウィルバーは『ネクロノミコン』ラテン語版と、祖父が遺したジョン・ディーによる英訳版を対照するため、ミスカトニック大学付属図書館を訪れる。館長のヘンリー・アーミティッジ博士は、ウィルバーが全時空の門にして鍵であるヨグ＝ソトースと〈旧支配者〉についての箇所を調べているこ

とを知り、彼の素性にまつわるさまざまな噂と併せて危惧を抱く。ウィルバーは『ネクロノミコン』の帯出を願い出るが、アーミティッジは拒否し、同書を所蔵するほかの図書館にも警告を発した。ウィルバーはハーヴァード大学にも現れるが、貸し出しはもちろん筆写すら許されず、切羽詰まった様子を見せる。

やがて28年8月3日の未明、ミスカトニック大学付属図書館で侵入事件が発生した。駆けつけたアーミティッジが見たものは、鱗状の皮膚や剛毛に覆われ吸盤や触角、象の鼻のようなものなど異様な器官を多数生やした怪物が、番犬に襲われ引き裂かれた姿であった。しかし、「ヨグ＝ソトース」とつぶやきながら溶けていったその顔は明らかにウィルバー・ウェイトリイのものだったのだ。

そして9月9日の夜、ダンウィッチに大きな山鳴りが響きわたり、翌朝ウェイトリイ家が全壊して巨大な足跡が谷間まで続いているのが発見された。また、ビショップ家の牛が半分は姿を消し、半分は血を吸い取られているという。以来、夜な夜な姿の見えない怪物がダンウィッチを徘徊し、家屋が破壊され牛が襲われる。そしてついに人間までも。

一方、ウィルバーが遺した蔵書と判読不能の日記を調べていたアーミティッジは、彼が地球を物質宇宙から別の位相に引きずり込む〈古の存在〉を召喚しようとしていたことを悟った。博士は古文献にもとづいて怪物を可視化する噴霧器を作製し、ふたりの同僚の助けを借りて呪文により怪物を撃退しようと試みる——。（S）

ポイント

・クトゥルフをも凌駕する次元の門にして鍵、すべての時空を超越したヨグ＝ソトースと人間との間に息子が誕生。
・『ネクロノミコン』から、旧支配者に関する詳細な引用。
・ミスカトニック大学付属図書館が舞台のひとつに。
・ダンウィッチ村とウェイトリイ一族についての詳細が語られる。

闇に囁くもの The Whisperer in Darkness（1930） 全1、定5、ク9他

　私、ウィルマースは、ミスカトニック大学で文学を教えつつ民俗学の研究をしている。1927年11月3日、ヴァーモント州の大洪水のさいに、甲殻類に似た有翼生物の死骸が発見されたことから、私は州内の怪物伝承について調べはじめた。先住民の神話では、それらは大熊座から鉱物を採取に来たのだという。私が地元紙に記事を書いたのち、翌年の5月、ヴァーモント州タウンゼント在住のエイクリーという男から手紙が届く。彼は未知の生物と遭遇し、それらが文字を刻んだ石を手に入れ、その声まで録音したというのだ。同封の写真はたしかにその生物の足跡をとらえ、石に刻まれていた文字は、大学図書館で見た『ネクロノミコン』のものに酷似していた。

　追って6月の末、レコードが届く。それには、宗教的な儀式をとりおこなっているらしい、英語で話してはいるが人間らしくない声が録音されていた。エイクリーの手紙には、文字を刻んだ石も送った、と書いてあったが届かず、調べると途中で何ものかに盗まれていた。

　エイクリーからの手紙は続くが、次第に彼が追い詰められていくのが感じられた。番犬たちが突然の銃撃で殺される。電話線が切断される。私が援助を申し出ると、断りの電報が届くが、後でそれは彼の名をかたったものが送信したものだとわかる。それらはエイクリーを、なんらかの方法で自分たちが来た太陽系の最果ての星、ユゴスへと連れていこうとしているらしい。

　だが、9月に入るとすぐに届いた手紙は、一転して危険が去ったことを伝えた。エイクリーはあの生物を〈宇宙人〉と呼び、地球人とは互いに理解することによって協定を結ぶことさえできる、という。そして手紙の結びに、私を自宅に招待する旨が書かれていた。

　9月12日、私は鉄路でヴァーモントに向かった。エイクリーの友人と名乗る

ノイズという男の出迎え、車でタウンゼントのエイクリー宅に向かった。

　ようやく会うことのできたエイクリーは顔と手だけを出して身をすっぽりと衣類に包み、安楽椅子から立つこともできない様子だった。彼は人類が誕生するよりも前にユゴスから来ていた宇宙人たちが見てきた地球の歴史を語り、自分もユゴスへ行くつもりだ、と語った。彼らは人間の頭脳を安全に取り出し、肉体をはるかに超える機能をもつ機械に接続して、銀河系の外までも行くことができる、というのだ。

　エイクリーは、いくつもの円筒からなる機械を私に見せた。その中には海王星はじめ、異星の生命体が頭脳だけで収まり、さまざまな機能をもつ機械に接続されて、この地球の知識を得ているのだ、という。

　その夜、エイクリー宅の2階に泊まった私は、階下からあのレコードに録音されていたのと同じ声の会話を聞く。切れ切れの声からは、"彼ら"がエイクリーを利用して、私をここまでおびき寄せたことがうかがわれた。声がやみ、立ち去った気配がしたので、私は階下にそっと降りたが、そこで見たのは、エイクリーが安楽椅子に残していった、あってはならないものだった。

　恐怖に襲われた私はエイクリー宅を抜け出し、警察官を呼んで家じゅうを調べさせたが、そのときはもう、機械も宇宙人の存在を示すものも消え、エイクリーの失踪が確認されただけだった。その後、海王星の向こうに太陽系第九の惑星が発見され、天文学者たちはそれを冥王星と名付けたが、私はそれこそがユゴスであると確信している。（U）

ポイント

・民俗学者ウィルマースが初登場。その後、ラヴクラフト本人や、ほかの作家の作品にもキイパーソンとして登場する。

・冥王星は1930年2月18日に、アリゾナ州ローウェル天文台所属の天文学者、クライド・トンボー（1906－1997）によって発見された。

狂気の山脈にて At the Mountains of Madness（1931） 全4、定5他

　1930年9月2日、ミスカトニック大学遠征隊は、ボストン港から南極大陸を目指し出発した。目的は、前カンブリア紀の地層を採取し、太古の南極の生物史を知ることにある。総勢22名、2隻の船に分乗した探検隊は、11月9日にロス島へ上陸。飛行機と犬橇を駆使した大規模な調査を開始した。

　1931年1月6日、隊長の私こと地質学者ダイアー以下、この探検のために掘削用ドリルを開発した機械工学のペーボディ教授、生物学者レイクら14名は、極地の中心点を目指し出発。天候にも恵まれ、さらにレイクは1月11日、5人の助手と犬橇で北西に調査に向かった。頻繁に届くレイクからの無線に私たちは興奮した。発破で見つかった鍾乳洞から、南極大陸が三千万年ほど前までには豊富な生物層をもっていたことが確認できる化石が発見されたというのだ。

　さらにレイク隊の無線は、まったく未知の生物をも発見した。樽状の胴体とヒトデを思わせる星形の頭部をもつ有翼の生物は、地球の生物の進化からは明らかに逸脱していた。だが、強風に見舞われたせいか、レイク隊は音信を絶つ。

　私は大学院生ダンフォースらを同行し、レイク隊のキャンプ地へ飛行機で向かう。機上から見下ろす南極の山脈は、幻想画家ニコライ・レーリッフの絵のような妖美さをたたえていた。そこには自然の造形ではない遺跡らしいものが見てとれた。

　キャンプには破壊と殺戮の後が残されていた。私とダンフォースは、飛行機から見た遺跡の調査に向かう。地下に踏み込むと、迷宮のような都市が広がっていた。数十億年前、人類以前の文明だ。そこで私は、この都市を築いた種族の歴史を記録した彫刻を発見する。

　星形の頭部をもつ生物〈旧支配者〉は、宇宙の彼方から誕生して間もない星、地球へとやってきた。まず海に棲み、都市を築き、多細胞の原形質生物を作り

労働させた。『ネクロノミコン』に記される〈ショゴス〉のことのようだ。

　旧支配者は、ユゴス星の甲殻生物や、蛸に似た陸棲のクトゥルフ種族と地球上の覇権を争い、度重なるショゴスの反乱を鎮圧した。クトゥルフ種族が棲む大陸は地殻変動でその都ルルイエごと海底に沈んだが、甲殻生物は北方の旧支配者を追いやり、さらにショゴスは進化して手に負えなくなっていった。旧支配者たちは次第に衰退し、最初に居をかまえた海底へと還っていった。

　私とダンフォースは地下都市の一角で、レイク隊のキャンプから持ち去られた備品と、標本のように処理・保管された隊員と橇犬の死体を見つける。レイクが発見した旧支配者は化石でも死骸でもなく、氷の中で仮死状態にあり、生きていたのだ。そして、目覚めたとき未知の生物に捕らわれていることを知り、恐れて抵抗した。相手を殺して自由を得たのち、その知性をもってその生物、つまり人類を研究しようとしていたのだ。

「テケリ・リ」と鳴く、体色素を失い目が退化した巨大ペンギンの後を追って、私たちは地上に向かった。だが、生きていたのは旧支配者だけではなかった。巨大な原形質の怪物ショゴスが現れ、私たちを追ってきた。恐怖に錯乱するダンフォースを守りながら、私はかろうじて生還する。（U）

ポイント

・「テケリ・リ」という声は、エドガー・アラン・ポオの未完の南極探検小説「ナンタケット出身のアーサー・ゴードン・ピムの物語」（1838）の終盤に登場する鳥の鳴き声でもある。

・旧支配者とショゴスへの詳しい言及があり、クトゥルフ種族やユゴスの甲殻生物との関連も記される。

・ダイアーは「時間からの影」（「超時間の影」）にも登場。また「闇に囁くもの」のウィルマースと親交があることも語られる。

インスマウスの影 The Shadow over Innsmouth（1931） 全1、定5、ク8他

　1927年の末から翌1928年の初頭にかけて、連邦政府はマサチューセッツ州の港町インスマウス（インスマス、インズマスの表記もある）に大がかりな秘密調査をおこなった。大勢の住民が逮捕され、家々は焼き払われ、あるいは爆破された。抗議する団体や新聞社には長文の弁明書が送られ、代表者は住民を収容した施設の視察に招かれたのち、すぐに沈黙した。インスマウス沖約1.5マイルにある〈悪魔の暗礁〉近くの海溝に潜水艦が魚雷を発射した、という報道もあった。それも、あの年の7月16日の早朝、あの町から脱出した私が、政府にあの町の調査と処置を要請したからだ。

　成人に達した記念に、私はニューイングランドを旅行していた。母方の出身地であるアーカムに向かうさい、ニューベリーポートの駅で駅員から、運賃の安いインスマウス経由のバスを紹介される。その町は100年ほど前までは栄えていたが、今は寂れ果て、周辺の住人たちからは嫌われているため、バスの乗客も少ないのだという。私はその話でむしろインスマウスに興味を抱き、バスの時間まで調べるうち、そこにのみ伝わる〈ダゴン秘密教団〉の金冠を見る機会を得る。人間の頭にはとても合わない大きさと形なうえ、無気味な怪物の彫刻がされていたが、その美しさに私は魅了された。

　翌朝のバスの唯一の乗客となって、私はインスマウスに着いた。かつての栄耀を遺しながら廃墟となりかけた町には人影もなく、たまに行き交う人の容貌は噂どおりだった——みな、まばたきをしない大きな目、狭い額、大きく厚い唇をしていて、この町が今は漁業だけでもっているためか、誰もがひどく魚くさい。

　8時発のアーカム行きバスでここを出よう。それまでの時間を使ってこの町について知ろうと思い立った私は、ザドック・アレンという老人に酒をおごり、

信じられないような話を聞くことになる。町の有力者マーシュ家の先代オーベッド船長は、西インド諸島のどこかの島民と取引し、彼らの海神を崇拝し、人身御供をすることで、黄金や漁獲高などを得て富を成した。そして、海神に仕える魚人族の血をひく島民たちを町に連れてきて、混血によってインスマウスに魚人を増やしていった。魚人と化した者は死ぬことなく、〈悪魔の暗礁〉と町とを泳いで行き来するようになるのだ。

すぐにこの町を出ていくよう、アレン老人に言われ、私はアーカム行きのバスに乗るが故障してしまい、やむなく町で唯一の宿であるギルマン・ハウスに一泊することになる。だが、深夜になって、部屋に押し入ろうとする者が現れた。危険を感じ窓から脱出した私は、後足で立ち上がった蛙のような怪物たちに追われ、月明かりの下を、廃線となった鉄道線路をたどってアーカムへと逃走する。

私はアーカムに着くと、政府の役人たちに一部始終を伝えた後で、自分の家系について調べはじめた。そして、母方の系図を遡るうちに、自分がマーシュ家の血をひいているのではないか、と疑念を抱くようになった。

1930年の冬。証券会社に勤務する私は、体調を崩すとともに、自分の体が急速に変化していくのに気づく。そして、深海の都ルルイエに招く夢に従い、インスマウスに帰ろうと決意する。（U）

ポイント

・インスマウスと魚人〈深きもの〉が初めて登場する作品。以降の神話作品の重要なモティーフのひとつとなる。のちに、本作へのトリビュート・アンソロジー『インスマス年代記』（1994）が出版された。

時間からの影（超時間の影）The Shadow out of Time（1934）　全3、定6他

　私の名はナサニエル・ウィンゲート・ピースリー。ミスカトニック大学の政治経済学教授だ。1908年5月14日、私は講義のさなかに意識を失い、元に戻るまでには5年4カ月と13日を要することになる。

　その後の記憶はないので、人から聞いたことをたよりにするほかない。私はその日の深夜に意識を回復した。が、体の動かし方を忘れてしまったようになり、しばらくは厳しい看護の下に置かれた。その一方で、それまでには興味のなかった歴史、科学、芸術、言語、民間伝承などに関心を向け、大学図書館に通い、1909年にはヒマラヤ山中へ、1911年にはアラビアの砂漠へと旅立った。1912年の夏は北極海に出た後、ヴァージニア州の鍾乳洞へと単身、長期の調査旅行に出た。また、『ネクロノミコン』をはじめとする禁断の魔書さえも読みあさっていたらしい。

　1913年8月、私はアーカムの自宅に久しぶりに帰ったが、誰にも操作方法のわからないような特殊な機械を、科学機器メーカーに注文して作らせたという。9月26日、外国人らしい男の訪問を受けた後、私は意識を失い、機械は消えていた。翌27日、医師の手当を受けていた私は覚醒し、あろうことか5年前の講義の続きを始めたのであった。

　私は自分の意識を取り戻したが、奇妙な夢を見続けるようになった。どこことも、いつの時代ともしれない、あらゆる建造物が巨大な都市で自分が生活し、研究し、ときには空も飛んでいるのだ。

　奇妙な夢を記録し続けるうちに、そこに生き物が現れ、私は恐怖を覚えた。虹色に光る円錐形の胴体から、3つの目のある球状の頭部と、カニのようなハサミが、伸縮するしなやかな器官でつながっている異形のものだ。読書し、筆記し、機械を操作するそれは、意識を失っている間の私の姿だった。それら〈偉

大なる種族〉は、時間も空間も超えて、知的生命体の意識を自分たちのものと交換し、遠い未来の知識を集め、記録していたのだ。整理された社会機構と政治体制、機械化された産業は、彼らに平穏で知的な生活をもたらしていた。ときには異種族、たとえば南極の〈旧支配者〉などとの紛争もあったが、天敵であるポリプ状生物以外とは大きな戦争は起こさなかった。私は夢を通して彼らの歴史を知る。

　妻とは離婚していたが、ひとり残った息子ウィンゲートは、私に起きたことを機に心理学者となり、私も1922年ごろには元の生活を取り戻して、研究者を相手に自分の経験を話せるようになった。1934年、心理学協会を通して、私の元にパースのボイル博士から手紙が届く。西オーストラリアはグレート・サンディ砂漠の遺跡から、私が夢に見たものに酷似した彫刻がなされた石板が出土したというのだ。翌1935年の6月3日、私は息子と、1930年に南極遠征隊の隊長を務めたダイアー教授らとともに、その遺跡に立っていた。類例のない巨石文明の遺跡に、私たちは驚くほかなかった。

　7月17日の深夜。キャンプにいた私は強風で眠ることができず、遺跡の地下にひとりで降りていった。どこを見ても、夢で見たとおりだった。そして、夢の記憶をたよりにたどり着いた書庫で、私は記憶にあるとおりのものを見つけ、恐怖に打ちのめされる。

ポイント

・イスの〈偉大なる種族〉が登場。地球におけるその歴史が語られる。

闇をさまようもの（闇の跳梁者）The haunter of the Dark（1935）

全3、定6、ク7他

　ミルウォーキー出身の小説家ロバート・ブレイクが、プロヴィデンスで急死した。以前ブレイクがこの町を訪れたとき、彼が帰途についた後、友人の住居が火事となり友人は死亡している。
　ブレイクはフェデラル・ヒルの、尖塔のある廃教会に興味を覚えた。ある午後、巡邏中の警察官にたずねると、そこはかつて邪悪な信仰がなされたところであり、地元のイタリア系牧師が今も踏み入れることを禁じている、といわれる。
　だが、ブロックは教会に忍び込んだ。書棚には『ネクロノミコン』や『妖蛆の秘密』はじめ魔道書が並び、尖塔では、床の中央で黒い結晶体が窓からの光を受けていた。隅には白骨があり、かろうじて残る持ち物から、それが1893年に行方不明になった新聞記者エドウィン・M・リリブリッジだとわかる。手帳には、彼が教会の邪悪な儀式を暴こうとしていたことが書かれていた。
　ブレイクは結晶体と、謎の文字で埋めつくされた本を一冊、教会から持ちだしてしまう。そして本を解読し、結晶体〈輝くトラペゾヘドロン〉の知識を得ていくが、8月8日の夜、大停電のさなかに、教会から3つの燃える目と黒い翼をもつものが現れ、彼を襲った。
　〈輝くトラペゾヘドロン〉は、デクスターという医師が持ち出し、海に沈めてしまった。

ポイント

・ロバート・ブロック「星から訪れたもの」に続く作品。主人公のモデルはもちろんブロックである。ブロックはのちに本作の続編「尖塔の影」を書いた。
・本作中、ブレイク作として紹介される「シャッガイ」「星から来て饗宴に列するもの」などは、のちにリン・カーターが同題の創作を発表している。

ラヴクラフトの共作作品

　ラヴクラフトは、ほかの作家の書いた小説の添削も仕事としていました。それらは〈共作〉あるいは〈合作〉と呼ばれ、ラヴクラフトの作品の一部として読まれています。
　ここではそれら共作の例として、以下の作家の作品を紹介します。

ソニア・グリーン Sonia Green（アメリカ　1883–1972）
　ロシア系移民のアマチュア作家。衣料品店経営に携わりながら、ＵＡＰＡの会長を務める。1924年にラヴクラフトと結婚。1922年、マサチューセッツ州のリゾート地でソニアがひらめいたアイデアを、ラヴクラフトが小説に書いたのが、「マーティン浜辺の恐怖」（別題「妖魔の爪」1923）である。

ゼリア・ビショップ Zealia Bishop（アメリカ　1897–1968）
　ミズーリ州出身のアマチュア作家。ロマンスや歴史小説を書くことを志望したが、「イグの呪い」（1929）以下、1936年までにラヴクラフトから3編の加筆添削を受けている。

アドルフ・デ・カストロ Adolphe de Castro（アメリカ　1859–1959）
　1886年に渡米したドイツ系の作家、詩人。アンブローズ・ビアスの『修道士と絞首人の娘』（1892）は、彼が下訳したドイツのゴシック小説をビアスが脚色したものである。ラヴクラフトとの共作は「最後の検査」（別題「最後の実験」1928）「電気処刑器」（1930）の2編。

ヘイゼル・ヒールド Hazel Heald（アメリカ　1896–1961）
　マサチューセッツ州出身のアマチュア作家。経歴不詳。1932年の「石像の恐怖」以降、ラヴクラフトとの共作を1937年までに5編、発表している。（Ｕ）

マーティン浜辺の恐怖（妖魔の爪） The Invisible Monster (1923)
ソニア・グリーン　　　　　　　　　　　　　　　　　　全別上、新1

　1922年5月7日、ジェイムズ・P・オーン船長は、フロリダ沖で怪物を捕獲した。魚類のようだが、胸鰭(むなびれ)のかわりに6本指のある腕のようなものを持ち、硬い鱗におおわれ、目はひとつだけという異様な姿。体長は15メートル、胴まわりは3メートルという大きさなのに、どうやら孵化して間もないようだ。また、脳髄は著しく発達していた。
　オーン船長は大型船に怪物を収容して海上博物館にしつらえ、リゾート地マーティン・ビーチで公開。観客が殺到することになった。
　7月20日の朝、前夜の嵐のためか、海上博物館は姿を消してしまった。船長は必死に捜索したが、8月7日には断念。そして、その翌日、事件は起きた。
　黄昏時に波間から悲鳴が聞こえ、海上監視員がふたり、ロープつきの浮き輪を投げて声の主を救おうとした。だが、引き寄せようとしてもロープが張るばかり。すぐにオーン船長はじめ、近くにいた10人以上が加わってロープを引いた。だが、動かないことは同じだった。船長は、浮き輪はクジラか何かに呑まれたのだろう、船で近くまで行って銛(もり)を打ち込んでしまえ、と息巻いたが、意に反して両手がロープを離そうとしない。
　そのまま、日は沈み、潮が満ちてきた。さらには、突然の雷雨にも見舞われ、ロープを握った男たちは顔も青ざめ、そのままじりじりと海に向かって引き寄せられていく。波間に頭の列だけが見え、やがてそれも沈んでいこうとするなか、目撃者の中には、沖合に巨大なひとつの目が光るのを見た、と言う者もいた。

イグの呪い The Curse of Yig（1929）

ゼリア・ビショップ　　　　　　　　　　　　　　　　　全別上、神、ク7

　1925年、民俗学の調査のため、私はオクラホマに赴いた。この地の先住民が信仰する蛇神イグに詳しい精神科医マクネイル博士を訪問すると、博士は離れた病室に私を案内した。中を覗き見ると、動きと鱗は蛇、しかし姿や目つきは人間という、怖ろしい生き物がいた。驚愕する私に、博士は話しはじめた。

　1889年、デイヴィス夫妻は老犬を連れ、この地に移住してきた。先住民の血を引く夫ウォーカーは、祖母から聞いたイグの伝説ゆえにか、蛇を恐れていた。キャンプ中にガラガラヘビを見つけた妻オードリーは、夫のためを思って殺してしまうが、ウォーカーはそれを知って怒り、かつさらにイグを恐れた。蛇を殺したものはイグに呪われ、蛇にされてしまう、というのだ。

　開拓者たちが集まって村ができ、デイヴィス夫妻も農業に励んだ。ウォーカーが欠かさぬイグを鎮めるまじないは、オードリーの気に障るようになった。

　秋、村人が集まって収穫を祝った夜、ガラガラヘビが屋内に何匹もいるのにオードリーは気づく。夫からイグの恐ろしさを聞かされ続けていた彼女は、闇の中から近づく人影を人間の姿をとったイグと思い、斧を振り下ろす。

　翌朝、異変に気づいた隣人がデイヴィス家に踏み込むと、老犬はガラガラヘビに嚙まれ、ウォーカーは斧で叩き切られて、死んでいた。そして、オードリーは人間らしい表情を失い、蛇のように身をくねらせて、床を這いずっていた。

　私は、「あの病室にいたのはオードリーなのですね」とたずねた。医師は首を振り、彼女はとうに死んだという。では、あれは何だったのか？

ポイント

・蛇神イグの初登場作。先住民や南米の伝承とのつながりを持たせている。

電気処刑器 The Electric Executioner (1930)
アドルフ・デ・カストロ　　　　　　　　　　　　　全別上、ク8、新1

　1889年8月9日。メキシコの鉱山から、副監督フェルドンが有価証券などをもって行方をくらました。フェルドンはほかにもよからぬことを企んでいた様子があった。鉱業会社の調査委員である私は、彼を捜しに現地に飛んだが、会社が用意した臨時列車が故障したため、やむなく夜行列車に乗り換えた。
　夜行列車のコンパートメントで相席になった男は、私と同じアメリカ人だった。が、古代メキシコの神々への祈りを脈絡なくつぶやき、正気を失っているように見えた。やがて籠状(かご)のヘルメットのような奇妙な機械を手に、男は話しかけてきた。彼は電気椅子より高機能の処刑器を発明した。そして、その実験のため私を殺す、と言い出したのだ。
　私は策を弄して、男に電気処刑器をかぶせるのに成功した。そして、男が唱えたように、私も聞きかじっていた古代の神の名を詠唱した。男は急に私に従う態度を見せ、鉱山の現地作業員たちがたまに口にする「クトゥルフ」の名を含む詠唱で答えた。私も彼らから聞いた言葉を返した。「イア、ルルイエ、イア、ルルイエ、クトゥルフ・フタグン！」男は熱狂し、私の前にひれ伏した。その拍子に処刑器のスイッチが入り、男は凄まじい悲鳴とともに絶命した。
　気づくと朝で、死体は消えていた。車掌は私が最初からひとりだったという。鉱山に着いた私は、フェルドンは山中の隠れ家で死んでいた、と監督から聞く。自分で発明し売り込み先を探していた電気処刑器を、なぜか自分で試したらしい。そして、顔は焼け焦げていたが、死んだフェルドンの出で立ちは、たしかに夜行列車のあの男のものだった。

永劫より Out of Aeons（1935）

ヘイゼル・ヒールド　　　　　　　　　　　　　　　　　　　全別上、ク7、神

　1878年5月11日、エリダナス号のウェザビー船長は、ニュージーランド沖に海図にはない島を発見した。巨石建造物が認められたため上陸調査し、一体のミイラと羊皮紙の文書を収めた金属の筒を発見。所蔵したボストンのカボット博物館はすぐに調査船を送ったが、すでに島は海底に没した後だった。

　1931年春、ある新聞記者がそのミイラと文書について、怪しげで扇情的な記事を書いたのを機に、ジョンソン館長は調査し、禁断の『無名祭祀書』に関連していそうな記述を見つける。古代王国ナーには、かつてユゴス星人が巨石でヤディス＝ゴーの砦を築き、そこに彼らの守護神ガタノソアを残して滅びた。ガタノソアのたたりを恐れた司祭は毎年人身御供を捧げていたが、シュブ＝ニグラスの高僧ティーヨグはそれに抗し、呪文を記した皮を金属筒におさめて護符にし、ガタノソアを退治に赴いた。だが、司祭の計略により護符は無効なものとなり、ティーヨグはガタノソアに敗れ石となった。

　1932年春から、南米やアジアから来た入館者がミイラを持ち去ろうとしたり、ミイラの前で卒倒したりと、事件が相次いだ。ミイラの姿勢がゆっくりと変わっているのに私は気づく。そして12月1日、ミイラが目を開いた。館長はその眼球に映る怪物の姿をかいま見て、正気を失いかけた。ミイラはガタノソアによって石化させられたティーヨグで、世界各地にちらばったナーの末裔たちが、彼を蘇生させようと入れ替わり立ち替わり試みていたようだ。

　12月8日、ティーヨグのミイラは解剖される。それに立ち会った博物館の科学者たちは、ガタノソアの魔力を目の当たりにして恐怖する。

● ポイント

・ガタノソア、『無名祭祀書』、石化人等、ほかの神話作品との関連が深い一編。

フランク・ベルナップ・ロング (アメリカ 1903-1994)
Frank Belknap Long

〔ラヴクラフトとの長い交友〕

　フランク・ベルナップ・ロングはニューヨーク出身の小説家で、1924年に《ウィアード・テイルズ》にデビューしたのを機に、パルプ・マガジンにホラーやＳＦなどを書くようになりました。

　ラヴクラフトとの交友は、デビュー前の1921年からで、ロングの詩をラヴクラフトが手紙で称賛したことから文通がはじまり、のちに文学サークルを通して直接に親交を深めました。1922年の初対面から、ラヴクラフトが他界する1937年までの15年ほどのうちに、500回以上は会ったというのですから、平均すると週に1～2回は顔を合わせていたことになります。

〔クトゥルフ神話への参入〕

　ロングは、ラヴクラフト以外に、最初にクトゥルフ神話を書いた作家でもあります。異次元からの怪物の侵攻を描いた「喰らうものども」（別題「怪魔の森」1928）で、その冒頭には『ネクロノミコン』の英訳が引用されています。イギリスの魔術師ジョン・ディー（1527-1608？）による英訳版で、その後もクトゥルフ神話作品のあちこちにこの英訳版が登場するようになりました。

〔怪物たちの世界〕

　ロングの作品には、よく怪物が登場します。そんな中で、もっとも有名なのは「ティンダロスの猟犬」（1929）でしょう。異次元から"角度"を通り道に襲撃してくる"猟犬"の恐怖は類を見ないもので、その後も多くの神話作家の作品に登場するようになりました。また、象を思わせる邪神チャウグナー・フ

ォーンも、彼の「恐怖の山」（別題「夜歩く石像」1931）で初登場しました。また、生物を変化させ怪物にする光線を発明し、自身を実験に用いる科学者を描いた「千の脚をもつ男」（1927）にも、神話作品に共通する恐怖が描かれています。

〔友の思い出を語る晩年〕

　雑誌を舞台にホラー、ＳＦ、ときにはミステリの短編を量産してきたロングですが、パルプ・マガジンの衰退とともに、活躍の場をペーパーバックのＳＦやゴシック・ロマンス、さらにはコミックの原作に移していきます。当初は主にホラー・コミックの原作を担当していましたが、ほどなく《スーパーマン》などの人気ヒーローの活躍を手がけるようになります。

　しかし、クトゥルフ神話への彼の熱意は、さめてしまったわけではありませんでした。ロングはラヴクラフトと頻繁に会っていただけに、後年の研究者のラヴクラフト観には少なからず違和感をもっていたようです。そこで1975年に、交友を通して見続けてきたラヴクラフトの素顔を『ラヴクラフト：夜の夢想家』Lovecraft: Dreamer on the Night-side という本にまとめました。

　さらに、ラムジー・キャンベルの呼びかけに応じて書き下ろしのクトゥルフ神話アンソロジー（新6・7）に参加するなど創作も続けました。研究誌《クリプト・オブ・クトゥルフ》The Crypt of Cthulhuも熱心に読んでは投書し、創作を寄稿したこともあります。

　ロングの余生は、旧友ラヴクラフトについて語ることに、多くの時間をついやすものとなりました。（U）

喰らうものども（怪魔の森） The Space-Eaters（1928） ク9、新1

　霧深い夜、森と海とに挟まれた自宅で、私は来訪した作家仲間ハワードと議論していた。従来の怪奇小説にはない異次元の恐怖をハワードが熱弁しているところに、隣人ヘンリーが駆け込んでくる。彼は馬車で森を抜けるとき、得体の知れないものに襲われたという。彼の頭には銃創を思わせる深い傷があった。「頭が冷たい」と苦しむヘンリーは、すぐ外に飛び出してしまう。創作のために彼の言葉を書きとめようとするハワードを止め、私はヘンリーを探しにいく。

　夜霧の中、暗い森にヘンリーを探すハワードと私。「脳が食われる！」という叫び声を聞きつけ、ようやく彼を見つけるや、抵抗するのを必死におさえて家まで連れ帰る。往診に来たスミス医師は、ヘンリーの頭の傷を見て、取り急ぎ手術にかかる。ゆらめくランプの下、開頭手術がなされるが、医師は脳の内部に怖ろしいものを見たらしく、すぐに傷を縫合して逃げ出してしまった。

　危険を感じた私はハワードとともに海に逃げた。燃える森の上空に、コウモリのような巨大な影が広がり、それを目にした私たちは、急に頭の中が凍てついていくのを感じる。「やつら」は記憶に残るイメージとなって、人間の脳を蝕むのだ。だが、からくも私たちは窮地を脱する。

　後日、ハワードはこの事件を小説に書いた。完成を喜ぶ彼の言葉は、「やつらが帰ってきた！」という恐怖の声に変わった。彼の家に急行した私が見たのは、自分のイメージから蘇った怪物の餌食となった、ハワードの無惨な姿だった。

▶ポイント

・ジョン・ディー英訳『ネクロノミコン』からの引用あり。ラヴクラフト以外の作家による最初の使用例。
・登場人物のモデルはラヴクラフトであり、冒頭では怪奇小説論も語られる。

ティンダロスの猟犬 The Hounds of Tindalos（1929） ク5他

　作家ハルピン・チャーマズに呼び出された私は、古代中国の秘薬〈遼丹(リャオタン)〉を用いた彼の実験に立ち会うことになる。この薬を服用することにより、意識だけの時間旅行をする、というのだ。

　危険を感じた私の制止も聞かず、チャーマズは実験をはじめる。部屋のソファに座ったまま、彼は見たものを語りだした。彼は『神曲』のダンテに会い、『ヴェニスの商人』に喝采し、古代ローマの兵士たちに交じって行軍する。人類はいなくなり、古代生物の世界になり、それ以前の世界になっても幻視は続いた。チャーマズの意識は、奇怪な"角度"の世界に踏み込んでいく。「肉体をもたないものが角度をよぎり、動いている」と彼が言うとともに、私は異臭を覚え、危険を感じた。チャーマズを覚醒させると、彼は言った。

「やつらはぼくを嗅ぎつけた。深入りしすぎた」

　彼は、時間が誕生する前に存在した、善悪を超越した「やつら」と、その怖ろしい行為を目にしてしまった。そして、飢えに駆られ彼を追う「やつら」から、百万の三乗倍の時間を逃れて帰還したというのだ。

　翌朝、チャーマズは電話で、私に石膏をもってくるように頼んできた。あまりに切迫した様子に、私は彼に従うと、彼は自分の部屋を石膏で塗り固め、球の内部のようにした。「やつら——ティンダロスの猟犬は、角度を通ってしか来られない」「角度は不浄、湾曲は清澄」という彼の言葉は、もはや私の理解を超えていた。

　その夜、一帯を地震が襲った。翌朝、チャーマズは自室で変死を遂げていた。

ポイント

・ティンダロスの猟犬が登場するほか、ドールへの言及もある。
・精神のみによる時間旅行、異次元への移動。

恐怖の山（夜歩く石像）The Horror from Hills（1931） ク11、新1

　アルジャーノン・ハリス博士は、26歳の若さにして、マンハッタン美術館の考古学部門責任者に任命された。前任者ハルピン・チャーマズの退職による人事だが、彼の非凡な著作と、研究に対するひたむきな姿勢が評価されたのだ。

　世界各地から調査員たちが貴重な出土品を持ち帰るなかでも驚くべき発見は、中央アジアのツァンの洞窟から持ち帰られた、古代神チャウグナー・フォーンだった。光沢ある緑の石で刻まれた、象のような顔貌と仏像のような姿勢の石像は、邪悪で謎めいた印象をアルジャーノンに与えた。さらに怖ろしいことに、調査員ウルマンは酷い傷を負わされ、顔を変形させられて帰ってきていた。彼は土地の古老チャン・ガーに、神像をアメリカに連れていくよう要求され、洞窟に監禁された。夜になると神像は動きだし、彼を痛めつけ、長い鼻で血を吸った。命じられるまま神像を運び、ラサからベンガルを経て帰国したのだが、それまでの間にもチャウグナーに傷を負わされ続けた、というのだ。神像は生きていて、人類の歴史よりずっと以前から地球の各地に存在していたもののひとつであり、同じものはピレネー山中にも存在する、というチャン・ガーの物語を、アルジャーノンに聞かせた後、ウルマンは息絶える。

　チャウグナー像を美術館に展示した翌日、学芸員がひとり、館内で凄惨な死を遂げているのが発見される。像は血まみれだ。アルジャーノンは民俗学者アンベール博士の紹介で、霊能者にして探偵のロジャー・リトルに協力を乞うことにする。

　来訪を受けたロジャー・リトルは、自分が見た夢について語りはじめる。彼は夢の中では古代ローマ人であり、ピレネー山中での異民族の邪悪な儀式を止めるために兵団を率いて踏み込むが、虚無と化した空の下を半人半獣たちが飛びはね、山々が生き物のように動き出して襲いかかってくる、という夢だ。折

しも、ピレネーで謎の大量殺人が起きた、というニュースが届いたところ、リトルの夢は災厄を予言するのではないか。アルジャーノンがそう思ったところで、美術館から電話がかかってくる。チャウグナー像が消えた、というのだ。

チャウグナーは夜のニューヨークに解放された。惨事を起こす前に止めなければ、と、リトルはふたりを実験室に案内する。そこには彼が「タイム＝スペース・マシン」と呼ぶ、奇妙な機械があった。それはエントロピーを破壊し、チャウグナーを誕生前の形状に戻し、無力化させられるだろう、とリトルは言う。市内では、早くも犠牲者が出はじめていた。

タイム＝スペース・マシンをリトルの車に搭載し、3人はチャウグナーを追跡した。ジャージー海岸でも犠牲者が出たという。ロングビーチからアトランティック・シティに向かい、チャウグナーは逃走する。車を後につけたリトルは、マシーンから光線を浴びせ続ける。ついにチャウグナーは湿原に踏み込み、身動きがとれなくなった。3人が照射し続けるタイム＝スペース・マシンの光線の中、怪物は逆回転させたフィルムのように、数十億年の時間を数秒のうちに遡り、消失していった。

ポイント

・チャウグナー・フォーン初登場作。
・作中、探偵リトルの物語る古代ローマ時代の夢は、ラヴクラフトが見て小説に書こうとしたが果たせず、ロングに使用を許可したもの。
・「ティンダロスの猟犬」の主人公チャーマズへの言及あり。

クラーク・アシュトン・スミス（アメリカ 1893-1961）
Clark Ashton Smith

〔ラヴクラフトとの交流〕

　詩作から出発し小説、絵画、彫刻と多才を発揮したクラーク・アシュトン・スミスは、クトゥルフ神話大系においても、その世界観を広げるうえで多大な貢献をなしました。そもそも若き天才詩人の才能に惚れ込み、怪奇幻想小説の執筆を熱心にすすめたのがラヴクラフトその人です。その交流が友情と文学的遊び心に満ちた実りあるものだったことは、ラヴクラフトの「潜み棲む恐怖」（1922）にスミスが挿絵を描いたことや、あるいはラヴクラフトが書簡の中でスミスのことをしばしば「ツァトゥグアの司祭クラーカシュ・トン」と呼んだり、邪神たちの系図においてヨグ＝ソトースとシュブ＝ニグラスの裔、魔術師ヒッポリトの子孫と位置づけたり、といったあたりにもうかがえるのではないでしょうか。

　『ネクロノミコン』の呪文で死者が蘇る「妖術師の帰還」（1931）、また、彫刻家版「ピックマンのモデル」とでもいうべき「彼方からのもの」（1932）やイギリスの旧家に怪物の落とし子が生まれる「名もなき末裔」（同）という食屍鬼譚のように、古き恐怖が現代に蘇るという定形を踏んだ作品もありますが、スミスがより本領を発揮したのは有史以前の超古代やはるかな未来などを舞台としたファンタジーにおいてでしょう。

〔異世界の神話〕

　失われた大陸ヒューペルボリアや終末期の地球最後の大陸ゾシーク、伝説と魔術に彩られた架空の中世フランス・アヴェロワーニュ──。スミスはこうした異境が舞台のファンタジーに神話アイテムを取り入れ、緩やかに連関する壮

大な世界観を織り上げていったのです。たとえばアヴェロワーニュのキリスト教聖職者が密かに旧支配者たちを崇めている「聖人アゼダラク」(1933) や、ゾシークに食屍鬼の神を奉じる都がある「食屍鬼の神」(1934)。それは単に作品のディテールが豊かになるというだけでなく、ラヴクラフトという盟友と優れた幻視者同士互いに触発し合い、さらには複数の作家が織りなす神話大系に連なることで、個人の枠を越えたイマジネーションを醸成することでもありました。

〔ユニークなオリジナル神格〕

　しかし、それ以上に恩恵を受けたのは、神話大系それ自体の方かもしれません。地球の生命の源である不定形のかたまりウボ＝サスラ、巨大な蜘蛛の神アトラク＝ナクア、すべての不浄の父にして母アブホース、世界を凍らせていく異次元の巨大白蛆ルリム＝シャイコースなど、ユニークで魅力的な存在を多数生み出したスミスは、超古代からはるか未来まであらゆる時代に神話大系とのつながりを見いだし、人間のスケールを超えた時空の広がりを裏打ちしたのです。なかでも特筆すべきは邪神ツァトゥグアと『エイボンの書』でしょう。

〔ツァトゥグアと『エイボンの書』〕

　土星から太古の地球に飛来し、ヒューペルボリアで崇められたツァトゥグア（ゾタクア、ソグダイとも）は「サタムプラ・ゼイロスの物語」(1931) で初登場。廃都コモリオムの神殿に入り込んできた盗賊を不定形の体で追い回します。「アタマウスの証言」(1932) では、そのコモリオムを彼の落とし子が滅ぼした顛末が語られ、「七つの呪い」(1934) ではヴーアミタドレス山の地下に棲み、アトラク＝ナクアやアブホースと交際しているようです。超然としたほかの旧支配者と比べ、しばしば人間と意志の疎通や交渉も行うツァトゥグアは神話と

いうよりも、どこか民話的な存在です。

　そのツァトゥグアから受け継いだ人類以前の知識を元に、魔道士エイボンが著したのが『ネクロノミコン』と並び補い合う魔道書『エイボンの書』です。エイボン自身はツァトゥグアの力を借りて土星へと逃れましたが、遺された『エイボンの書』は時代を問わず折にふれ現れて、我々に禁断の知識の一端を授けてくれます。その最たるものが「白蛆の襲来」（1941）でしょう。何しろ氷山に乗って漂うルリム＝シャイコースの物語それ自体が、丸ごと『エイボンの書』からの"引用"なのですから。

　残念ながらラヴクラフトの死とともに、スミスは神話大系から、そして小説自体から遠ざかってしまいますが、彼の遺した邪神や魔道書は、今も神話の中で重要な役割を果たしています。（Ｓ）

ポイント

・ラヴクラフトとの深い交流。
・現代とは異なる時代を舞台にしたファンタジーとしての神話作品。
・ツァトゥグア、『エイボンの書』、ウボ＝サスラなど独自の要素の創出。

魔道士エイボン（魔道士の挽歌／土星への扉）
The Door to Saturn（1932） ク5、新2他

　女神イホウンデーの大祭司モルギは、邪神ゾタクア（ツァトゥグア）を崇拝するという魔道士エイボンを捕縛するため、その館に踏み込んだ。だが、エイボンはモルギの行動を察知。高次宇宙の金属板を通って、土星（サイクラノーシュ）へと逃れていた。

　土星に着いたエイボンは短い足に長い腕、眠たげな丸い頭が球状の胴体から逆さまに垂れ下がる、どことなくゾタクアに似た毛深い怪生物に遭遇。ゾタクアから教えられた同族の神の名〈フジクルクォイグムンズハー〉を唱えたところ、意味不明の言葉とともにある方角を指し示される。

　折から彼を追って土星にやって来たモルギを伴い、そちらへ向かったエイボンはやがて、頭と胴体が一体化して胸から腹に顔がある二足生物ブフレムフロイ族の都に至った。胴体と分かれた頭部をもったふたりは賓客として遇されるが、一世代にひとりだけ繁殖のために巨大化し、新世代全体の母となるドジュヘンクォムーの夫に選ばれてしまったため逃げ出す。

　ふたりが次に目指したイドヒーム族の土地にたどり着いた途端、土砂崩れが発生。エイボンがフジクルクォイグムンズハーに授けられた「イクイ・ドロシュ・オドフクロンク」という言葉を発するや、ふたりは託宣者として重んぜられることになる。実はその言葉の意味は「とっとと立ち去れ」というものにすぎなかったのだが……。

　一方ムー・トゥーランでは、ゾタクアに学んだ魔術の力によってエイボンがモルギを連れ去ったと人々は考え、ゾタクア信仰が復活するのだった。

ポイント
- 『エイボンの書』の著者、魔道士エイボンその人の登場。
- ゾタクアはツァトゥグアの異称。

ウボ＝サスラ Ubbo-Sathla（1933） ク4

　ウボ＝サスラは始原にして終極。旧支配者たちが飛来する前、蒸気を上げる沼の中で地球の生命の原形を生み落とした。地球上のあらゆる生命はすべて、輪廻の果てにウボ＝サスラの許に還るという——。

　アマチュア人類学者・オカルティストのポール・トリガーディスは、ロンドンの骨董店で内部が明滅する奇妙な水晶を手に入れた。グリーンランドの中新世の地層から発見されたというその水晶を、トリガーディスはかの『ネクロノミコン』と並ぶ古代の魔道書、失われた大陸ヒューペルボリアの魔道士の手になるといわれる『エイボンの書』に記された、ムー・トゥーランの魔術師ゾン・メザマレックが地球の過去の光景を見るのに使用したものではないかという思いを抱く。

　水晶をじっと覗き込むうち、トリガーディスは時空を超えてメザマレックと一体化した。メザマレックは地球が生まれる前に死に絶えた古い神々がその智慧を刻んだ超星石の銘板を、過去のすべてを見ることができるというその水晶を使って読み取ろうとしていた。

　トリガーディスはメザマレックとなり、さらに時間をどこまでも遡りながら、さまざまな"生"を体験していく。やがて行き着いたのは始原の地球、不定形の暗愚な造物主ウボ＝サスラが生命の原形を生み出している泥沼だった——。

■ポイント
・始原の造物主ウボ＝サスラ登場。
・『ネクロノミコン』と『エイボンの書』の併用。
・太古への精神的タイムトラベル。

七つの呪い The Seven Geases（1934） ク4

　ヒューペルボリア大陸の首都コモリオムの行政長官ラリバール・ヴーズ卿は、凶悪な類人の蛮族ヴーアミスを狩るため、エイグロフ山脈に赴いた。

　ヴーアミスが巣食うヴーアミタドレス山を登攀していたヴーズは、妖術師エズダゴルが行っていた重要な召魂の儀式を台無しにしてしまう。激怒したエズダゴルは、彼に世にも怖ろしい呪いをかけた。身体の自由を奪われたヴーズは使い魔の始祖鳥に導かれるまま、襲い来るヴーアミスの群れを丸腰で突破し、生贄となるために山の奥深くまで潜っていかねばならなくなったのだ。そこには地球誕生直後に土星から飛来したという、毛の生えた巨大なヒキガエルのような邪神ツァトゥグアが待ち受けていた。

　艱難辛苦の末、ようやくたどり着いたヴーズに対し怠惰な神ツァトゥグアは、生贄を食ったばかりで満腹なので、巨大な蜘蛛の神アトラク＝ナクアへの捧げ物となるよう新たな呪いをかけた。ところが深淵に糸を張るのに忙しく、生贄にかかずらっている暇などないアトラク＝ナクアは彼を、使い魔を従えた人類誕生以前の妖術師ハオン＝ドルの許へと遣わす。ハオン＝ドルからさらに化学実験に勤しんでいる蛇人間、人類の始祖たる原存在とヴーズは次々たらい回しにされ、ひたすら地下深くへと降りていく。それは進化の過程を遡るかのような旅だった。そしてついには最下層、分裂によって異形・奇形を生み出し続ける宇宙すべての不浄の父にして母アブホースの所まで行き着くのだが――。

ポイント

・スミスのオリジナル神格ツァトゥグアやアトラク＝ナクア、アブホースなどが登場。また、ツァトゥグアの棲息地ヴーアミタドレス山や、その名の由来となったヴーアミスの生態が詳細に描かれる。

・人類創世の秘密の一端が明らかに。

ロバート・E・ハワード (アメリカ 1906-1936)
Robert E.Howard

〔「二挺拳銃のボブ」〕

　ヒロイック・ファンタジー《コナン》シリーズの作者として有名なロバート・E・ハワードは一方で、ラヴクラフト・サークルの一員として怪奇小説にも手を染めています。熱心に質問し、師の作風を範とする神話作品をものした年少のハワードを、ラヴクラフトは「二挺拳銃のボブ」と呼び、内輪受けのボクシング小説のモデルにするなど可愛がりました。ハワードが《キング・カル》シリーズの一編「影の王国」(1929)に登場させた〈ヴァルーシアの蛇人間〉を、自作で言及して神話大系に組み入れたのもラヴクラフト自身です。

〔『無名祭祀書』と〈黒の碑〉〕

　ハワードが師を踏襲するように生み出したのが、ドイツ人フォン・ユンツトが世界中の秘義や伝承を集め、自身は怪死したという『無名祭祀書』です。その名が初めて現れた「夜の末裔」(1931)には『ネクロノミコン』の話題やポオ、マッケン、ラヴクラフトを怪奇小説の三大巨匠とする談義など、神話大系やラヴクラフト自身へのまっすぐな視線が感じられます。また、蛮勇小説を書きつつ、詩の雑誌の編集長を務めて文学的欲求を満たしているという登場人物の作家には、狂気の天才詩人ジャスティン・ジェフリーを創造し、神話にまつわる怪奇詩もものしたハワード自身が投影されているのかもしれません。そして、太古より繰り返される転生の記憶（あるいは過去との感応）や、邪教を崇拝する異種族との闘争は、以後もハワード神話の多くに共通するテーマとなります。その決定版といえるのが『無名祭祀書』、ジャスティン・ジェフリーに加え、邪神崇拝の象徴としてしばしば現れることになる〈黒の碑〉が初登場した「黒

の碑」(別題「黒い石」1931) でしょう。

〔恐怖との闘い〕

　しかし、ハワードの神話作品は次第に、師の対極にある独自色を強めていきます。
『無名祭祀書』を繙き、廃神殿のミイラから"鍵"となる宝石を手に入れた男を怪物がどこまでも追ってくる「屋根の上に」(別題「破風の上のもの」1932)や、イエーズィーディ族の邪神マリク・タウスと生命を巡って契約を交わす「墓はいらない」(別題「われ埋葬にあたわず」1937) など、いかにも神話らしい作品もありますが、ハワードの真価がより発揮されるのはやはり、宇宙的恐怖をねじ伏せる豪腕でしょう。
「闇に潜む顎」(1970／死後発表) は、家の2階で異次元から召喚した怪物を育てている男を、足音や動物や子供の失踪といった間接描写で描いていく住宅街版「ダンウィッチの怪」ですが、突如戦士の血に目覚めた語り手が一族に代々伝わる剣で怪物を叩き斬り、原形をとどめなくなるまで切り刻んでしまいます。また、「屋根の上に」の変奏曲といえる「アッシュールバニパルの焔」(1936)は〈無名都市〉を舞台にした、ガン・アクションとチャンバラ満載の宝探し怪奇冒険譚です。

〔邪神対勇者〕

「夜の末裔」や「黒の碑」で描かれた、地下に潜み邪教を奉ずる、蛇のように退化した原始種族と、アーリア人やピクト人が血みどろの闘争を繰り広げる一連の古代ものは、ヒロイック・ファンタジーという自分の土俵に神話大系のアイテムを取り入れ、思う存分に腕をふるった面目躍如たるものがあります。
　ピクトの王ブラン・マク・モーンが奪い取った〈黒の碑〉と引き換えに、〈ダ

ゴンの塚〉の地下に棲む原始種族にローマ帝国の総督軍を攻撃させる「大地の妖蛆」(1932)は、自身のヒロイック・ファンタジー・シリーズと神話大系を接合している点で画期的です。また、原始種族が群れをなす〈ダゴンの洞窟〉からの脱出行「闇の種族」(1932)や、巨大白蛆退治譚「妖蛆の谷」(1934)は現代の語り手が前世の記憶を思い出しているという構成で、古き恐怖が現代に至るまで連綿と存在し続けているというクトゥルフ神話のテーゼを語りのレベルから体現しつつ、その恐怖に真っ向から対峙するという、ラヴクラフトらの本道とは対照的なアプローチを見せています。

〔師弟の死〕

　クトゥルフ神話に連なることで自作の世界観を広げる一方で、クトゥルフ・アクションの源流ともなったハワードは、残念ながら30歳の若さで拳銃自殺を遂げました。フランク・ベルナップ・ロングへの書簡で「恐怖感、不安感を実感として伝えることにかけて彼は天賦の才を有していた」と、その死を惜しんだラヴクラフトもまた、その9カ月後に亡くなります。〈恐怖〉と〈闘争〉という神話に対する両極の創始者師弟は相次いでこの世を去ったのです。(S)

▶ ポイント

・ラヴクラフトの愛弟子。
・『無名祭祀書』、〈黒の碑〉、ジャスティン・ジェフリーを生む。
・クトゥルフ神話とヒロイック・ファンタジーの融合。

黒の碑（黒い石）The Black Stone（1931）ク4、創元推理文庫『黒の碑』他所収

　ドイツ人フォン・ユンツトが世界各地の秘密結社に参入し、秘伝や伝承を渉猟して得た知識・知見を著した『無名祭祀書』。著者が密室の中で喉に鉤爪の跡を残して怪死し、その場に引き裂かれてちらばっていた草稿を火にくべた親友も、自身の喉を掻き切って果てたことが知られるや、難を恐れて所有者がこぞって焼き捨ててしまったというこの本だが、無削除の初刊本を読む機会を得た私は、ハンガリー辺境の山中に建つという奇怪な石碑〈黒の碑〉の存在を知る。太古の宗教的象徴にして"鍵"だとされる碑について調べるうち、これが狂気の天才詩人ジャスティン・ジェフリーの「碑の一族」に詠われているものなのではないかと思い至った私は、古書やジェフリーの足跡から割り出したシュトレゴイカヴァール──〈魔女の村〉へ向かった。

　村にはジェフリーがかつてたしかに逗留したことがあり、彼の末路を知った村人は碑を見過ぎたせいだと語る。忌まわしい原始種族と混血した先住民が、16世紀にトルコ軍によって滅ぼされるまで、邪教信仰のため生贄を捧げていたのがその碑だと考えられており、いまださまざまな伝承とともに忌避されていた。

　彼らが奇怪な神を召喚すべく残虐な儀式に耽ったという聖ヨハネ節の前夜、碑を訪れた私は、どこからか聞こえてきた奇妙な笛の音によって催眠状態に陥る。そして目覚めたとき、どこからともなく現れた異様な蛮族たちが血の狂宴を繰り広げていた。それが最高潮に達するとき、碑の頂には肥大したヒキガエルのような不定形の姿が──。

ポイント

・邪教を奉ずる原始的種族の崇拝対象〈黒の碑〉の詳細。
・『無名祭祀書』と著者フォン・ユンツトの詳細。
・狂気の天才詩人ジャスティン・ジェフリーの足跡。

アッシュールバニパルの焰(ほのお) The Fire of Asshurbanipal（1936）

ク7、創元推理文庫『黒の碑』他所収

　財宝・黄金を求めて西アジアをさすらうアメリカ人スティーヴ・クラーニーと相棒のアフガン人ヤル・アリは、老ペルシア商人から砂漠の死都に眠る〈アッシュールバニパルの焰〉について聞かされる。アラブ人が"魔物の都市(ベレド・エル・ジン)"、トルコ人が"暗黒の都市(カラ・シェール)"と呼び、あるいは『ネクロノミコン』に記された〈無名都市〉でもあるといわれるその廃墟で、今もなお玉座に着く王の骸骨が火と燃える宝玉を握りしめているという。

　砂漠の民が畏れて近寄らない禁断の都を目指すふたりはベドウィンの襲撃をかい潜り、水も食料も失いながら半死半生の状態で、ついにカラ・シェールを発見した。砂に埋もれた巨大な石の建造物、バール神の神殿に聳(そび)え立つ奇怪な神像。スティーヴはここがアッシリアの滅亡よりはるか以前に建設された秘密の都市ではないかと推察する。それがなぜ廃墟と化したのか？

　不吉な感覚にとらわれながらも、神殿の奥でふたりは伝承通りの玉座と骸骨、そして赤く脈動する巨大な宝玉を発見する。そのとき、ベドウィンが突入してきて多勢に無勢、ふたりは囚われの身となった。ベドウィンたちを率いていたのはふたりに恨みを抱く元奴隷商のシーク、ヌレディン・エル・メクルだった。彼もまた宝玉の噂を聞きつけて、手に入れようと目論んでいたのだ。それを知ったベドウィンたちは、魔術師ズスルタンが自身に破滅をもたらした宝玉と王を呪い、宝玉の守護者であったクトゥルフ、ヨグ＝ソトースら〈前アダム紀支配者〉を解き放ったのだと語って、ヌレディンを思いとどまらせようとするが、言い伝えなど歯牙にもかけない彼が宝玉に手をかけたそのとき——。

ポイント

・〈無名都市〉探訪。
・〈前アダム紀支配者〉＝旧支配者。

妖蛆の谷 The Valley of the Worm（1934） 創元推理文庫『黒の碑』他所収

　いまわの際にある私＝ジェームズ・アリスンは、古代より連綿と転生を繰り返してきた自身の前世を思い出す。その始原は、巨大な妖蛆を退治しあらゆる英雄譚の原型となったアサ神族のニオルドであった。

　アーリア人発祥の地ノルトハイムを後にニオルドは一族と放浪を重ね、獰猛な蛮族ピクト人が棲む密林の山岳地帯へと至った。苛烈な戦闘の末にアサ神族はピクト族を掃討するが、その折ニオルドはひとりのピクト人の生命を助ける。捕虜となった彼、グロムはアサ神族の力に感服し、和平を仲立ちするのだった。

　かくしてアサ神族は山地に定住し、ニオルドはしばしばグロムと行動をともにするようになる。その中でグロムは、崩壊した石柱群が遺る〈廃墟の谷〉の禁忌を語った。かつて谷に入ったピクトのある部族が、大地から現れたものによって消されてしまったという。以来そのものについて語ることさえも、それを召喚するとして許されていないのだ。

　だが、一族から独立したアサ神族の若者の一団がピクトの警告を無視して谷に移住してしまう。しばらくしてニオルドが訪ねていくと、その住居はことごとく押し潰され、住人たちはひとりとして原形をとどめていない無惨な死体と化していた。そして巨大な芋虫がのたくったような跡と、緑色の粘液が残されていた。グロムは、かつてここには廃神殿があり、その地下坑から奇怪な半人半鬼と、その笛の音に導かれた巨大な白蛆が現れて、ピクト人を貪り食ったことを明かした。それらは古の亜人種族が崇拝した旧支配者の神とその僕なのだ。

　復讐を誓うニオルドはまず巨大毒蛇サーダと死闘を展開。その強力な毒を武器に仕込んで、妖蛆との一騎打ちに臨む——。

ポイント

・古の種族の旧支配者崇拝。　　・前世の記憶＝精神的タイムトラベル。

オーガスト・ダーレス（アメリカ　1907-1971）
August Derleth

〔多才にして多作〕

　オーガスト・ダーレスは、若い頃から創作に腕をふるい、地元ウィスコンシン州を舞台にした大河小説〈サック・プレイリー物語〉や、シャーロック・ホームズに触発された推理小説〈ソーラー・ポンズ〉シリーズなど、数多くの作品を後世に遺しています。

　その中でもダーレスがことに心を傾けたのはホラーで、「蝙蝠の鐘楼」（1926）で《ウィアード・テイルズ》にデビューしたとき、彼はまだ18歳でした。ホラーもやはり多作で、『淋しい場所』（1962）をはじめとする数々の短編集にまとめられています。

〔アーカム・ハウス設立〕

　　ダーレスとラヴクラフトの交友が始まったのは1926年、《ウィアード・テイルズ》にデビューして間もない頃のことでした。文通だけでしたが、ダーレスはラヴクラフトから大きな感化を受けました。

　1937年、ついに対面する機会のないままラヴクラフトは他界し、雑誌掲載のままになっている作品が埋もれてしまうのを怖れたダーレスは、ラヴクラフトの作品集の出版を多くの出版社に提案します。だが、反応は思わしくありませんでした。彼はついに自分で出版することを決め、盟友ドナルド・ワンドレイと1939年に出版社アーカム・ハウスを設立します。そして、もちろん最初に刊行したのは、ラヴクラフトの『アウトサイダーその他の物語』The Outsider and Othersでした。

　その後、アーカム・ハウスは出版点数を増やしていきます。ラヴクラフト・

サークルの作家たちの作品集が中心でしたが、ダンセイニやマッケン、レ・ファニュのような古典を発掘し、ロバート・ブロックやレイ・ブラッドベリら新人をデビューさせ、名作と書き下ろし新作をともに収めたクトゥルフ神話アンソロジーを企画するなど、その活動には目覚ましいものがあります。

〔独自のクトゥルフ神話〕

　オーガスト・ダーレスの神話作品は、彼が独自の構想で書いたものと、ラヴクラフトの遺稿や創作メモにもとづいて書いた、いわゆる〈死後合作〉とがあります。後者は、師が遺したものにもとづく、という意識があってか、ラヴクラフトの世界を広げるものではあっても、物語としては作風を踏襲するようで、際立ったものに乏しいきらいがあります。

　単独作品はときに独自の神話解釈が含まれるため、〈ダーレス神話〉と呼ばれることもあります。ダーレスの作品に登場する邪神には、ヒアデス星団の暗黒星に棲む〈名状しがたきもの〉ハスターがあり、クトゥルフとは敵対しています。また彼は、クトゥルフ覚醒を阻止しようと尽力する盲目の老哲学者、ラバン・シュリュズベリイ博士というヒーローを創造しました。彼はプレアデス星団のセラエノ図書館で得た知識と、黄金の蜂蜜酒や五芒星を刻んだ石〈旧き印〉(エルダーサイン)を利用して、クトゥルフの眷属や深きものどもと戦います。

　ラヴクラフトが描いた邪神の不可知な恐怖を、人間が戦うことのできるものに変えたとして、批判する意見もあるようですが、神話作品に新たな流れを作ったことで、ダーレスは作家としても、クトゥルフ神話に大きな功績を遺しています。（Ｕ）

風に乗りて歩むもの（奈落より吹く風）
The Thing Walked on the Wind（1933） ク4、新2

　1930年2月25日、カナダのマニトバ州スティルウォーター村から住民がひとりのこらず消えた。1年のちの2月27日、捜査を継続していた騎馬警官隊のノリス巡査は、3人の人物が高空から落ちてくる現場に遭遇する。事件当夜スティルウォーターに向かっていたふたりの旅人と、村の宿屋の娘で、彼女は絶命しており、旅人のひとりもほどなくして息をひきとった。

　ジャミソン医師が手当てするあいだに、生き残った旅人ウェントワースは「四大の精霊」「レンの台地」などと、うわごとを口走りはじめる。ふたりの旅人は吹雪のため村への到着が遅れ、宿屋の主人に「外出しない、窓の外を見ない」という条件つきで泊めてもらったが、その娘が部屋に飛び込んできて、自分を連れて逃げてくれ、と頼んできた。今夜、村でひそかに崇拝される風の精霊〈イタクァ〉に、彼女は生贄として捧げられるのだという。3人は犬橇で逃亡するが、村人ともども巨大なものに連れ去られ、どことも知れぬ世界を風とともに放浪した。その奇怪な話をジャミソン医師は理解したようで、イギリスの作家ブラックウッドやラヴクラフトの作品を読むよう、ノリスにすすめてきた。

　昨年の事件の報告書を読み返したノリスは、犬橇を降りた3人の人物の足跡が、雪原なのに途中で消えていたことや、そばに水かきのある巨大な足跡が残っていたことを知る。そして、3人が落ちてきた雪原を調べて、同じ足跡を見つける。一対の巨大な目が空の高みから見下ろしてくる、と殴り書きのメモを遺し、ノリスも失踪した。

ポイント
・ダーレス創作の邪神〈イタクァ〉初登場作。
・アルジャーノン・ブラックウッド「ウェンディゴ」を神話に結びつける。

永劫の探究 The Trail of Cthulhu（1962） ク2

　クトゥルフの覚醒を阻止しようとするラバン・シュリュズベリイ博士と、彼に協力する5人の青年の闘いを描いた連作長編。1944年から1952年にかけて断続的に発表された。

アンドルー・フェランの手記 The Manuscript of Andrew Phelan（1944）
「腕力あり有能かつ想像力に乏しい青年を求める」……奇妙な求人広告に惹かれ、アーカムに赴いたフェラン青年を迎えたのは、白髪盲目のシュリュズベリイ博士だった。当初は博士の研究の助手として働いていたフェランだが、次第に邪神クトゥルフの存在、その覚醒を企む教団の暗躍、さらに博士が20年間をプレアデス星団のセラエノで、その阻止のため知識を得ていたことまで知る。やがてフェランは、博士とともに、有翼の巨大生物を駆り、ペルーの古代遺跡やニュージーランド沖に隆起した海底で、クトゥルフの覚醒を阻むようになる。しかし、博士は再び失踪し、フェランもまた教団の追手から逃れるために、有翼生物を呼びセラエノを目指す。
◇連作の序章。邪神と闘う力をもつ人類としてシュリュズベリイ博士が登場。

エイベル・キーンの書置 The Deposition of Abel Keane（1945）
　ボストンの神学生キーンは、2年前に失踪したアンドルー・フェランの突然の来訪に驚く。セラエノから帰還した彼は、ダゴン秘密教団によるクトゥルフ覚醒を阻止するため、インスマウスを偵察していたのだという。神について学ぶがゆえに邪悪なるものに興味をもつキーンは、彼に協力して闘うことを決意し、ともにインスマウスに向かう。標的は町の名士にして、クトゥルフ覚醒の首謀者エイハブ・マーシュ。ふたりは彼の住むギルマン・ハウスを襲撃、目的

を遂行する。
◇「インスマウスの影」の後をそのまま受ける物語。シュリュズベリイ博士は登場しない。別題「インスマスの追跡」（神）

クレイボーン・ボイドの遺書 The Testament of Claiborne Boyd（1949）

　ニューオーリンズ在住のクレオール文化研究家ボイドは、大叔父アサフ・ギルマンが遺した文書と、集めた太平洋諸島の工芸品から、彼が太古の邪神を研究し、その復活を危惧していたことを知る。そして、夢でシュリュズベリイ博士に会い、ペルー奥地で行われるクトゥルフ覚醒の儀式を阻止するように言われる。マチュピチュ付近の遺跡で、宣教師になりすまし儀式をとりおこなう半魚人をボイドは射殺し、リマ大学のアンドロス教授に遺書を託して失踪する。
◇「クトゥルフの呼び声」を踏襲。舞台はペルー、マチュピチュ。

ネイランド・コラムの記録 The Statement of Nayland Colum（1951）

　ロンドンの怪奇小説作家コラムは、シュリュズベリイ博士の突然の来訪を受け、自著『異世界の監視者』が事実と符合し、彼がクトゥルフ覚醒を企む者たちから命を狙われていると知らされる。彼は博士に協力し、アラビアの無名都市へと向かう。無名都市の地下深くで、博士はアルハザードの霊を呼び出し、『アル・アジフ』の原稿を手に入れる。が、帰途に船が嵐と巨大な触手に襲われ、窮地に陥る。
◇「無名都市」をふまえ、アルハザード本人が登場。ラヴクラフトが「ネクロノミコンの歴史」（1936）で語ったアルハザードの最期は真実ではなく、彼は無名都市の地下で殺された、とされる。

ホーヴァス・ブレインの物語 The Narrative of Horvath Blayne（1952）

　1947年、シンガポール。民族学者ブレインは、シュリュズベリイ博士と、フェラン、キーン、ボイド、コラムの4青年に会い、ポナペ沖に存在が推定される〈黒い島〉の探索に同行することになる。ブレインは自分の祖父がインスマスのウェイト家の者であり、自分の研究も〈黒い島〉探索への意志も、祖父が遺した謎を解くためだと気づく。博士一行はポナペでアメリカ海軍と合流。1週間は平穏に過ぎたが、ついに偵察機が〈黒い島〉を発見した。触手のある怪物が出現し、一行はその島を爆破するが、怪物の断片はまた合体し、元の姿に戻って暴れる。ついに軍は島に爆弾を投下。巨大なキノコ雲が立ち上り、ブレインは何が落とされたかを知る。これは公的には"実験"とされ、島は消失した。だが、本当にクトゥルフは滅びたのだろうか。ブレインは不安を抱く。
◇邪神対米軍の最初の例。ロバート・ブロック『アーカム計画』や菊地秀行『妖神グルメ』の先駆。

ポイント

・ラバン・シュリュズベリイ博士：哲学者。神秘思想と古代神話の研究家。1915年にアーカムから失踪、20年後にプレアデス星団のセラエノより帰還。その後、クトゥルフ覚醒を阻止するため世界各地で密かに活動する。

・セラエノ断章：セラエノの図書館にある石板。博士の蔵書にある二つ折り本は自ら書き写したものと思われる。『ネクロノミコン』や手稿などとともに、ミスカトニック大学付属図書館に保管されている。

・黄金の蜂蜜酒：服用すれば知覚が拡大し、予知夢を見られるようにもなる。博士はこれを用いてクトゥルフの蠢動を察知したり、身に迫る危険を回避したりする。

・五芒星形の石：〈旧き印〉(エルダーサイン)の名は、まだ本作では出てこない。クトゥルフとその眷属から身を守るのに有効である。

潜伏するもの（羅睺星魔洞(らごうせいまどう)）The Lair of the Star-Spawn（1932）
＊マーク・スコーラーとの合作　　　　　　　　　　　　　　　ク8、新2

　探検家エリック・マーシュは、ビルマ（現在のミャンマー）奥地のサン高地に赴くが、矮人チョー＝チョー族に拉致され、気づくと廃都アラオザールに、フォー・ラン博士とともに軟禁されていた。博士は邪神復活儀式への協力を強いられており、マーシュが拉致されたのも、博士の助手として使うためだ。
　フォー・ラン博士は語る。永劫の昔、この地球にはリゲルやペテルギウスからきた〈古き者〉が住み、クトゥルフ、ハスター、ロイガー、ツァールらを奴隷として使役していた。〈古き者〉は反乱する奴隷たちとこの地球を争奪する幾世紀もの戦いの果てに、クトゥルフを海底のルルイエに、ハスターをヒアデスのハリ湖に、ロイガーとツァールをこのサン高地の地下に封じ込め、オリオン座に還った。だが、悪しき種はチョー＝チョー族をこの地に生み出し、邪神復活の準備をさせているのだ。
　テレパシーでオリオン座の〈古き者〉と交信を続けていたフォー・ラン博士は、チョー＝チョー族の長老イーポを説得し、ロイガーとツァールが復活のときを待つ〈恐怖の湖〉上空に、道を開くことに成功する。覚醒しかけた邪神たちの上空に、人に似た姿でいながら炎のように見える一群が舞い降りてくる。〈古き者〉が使わした軍勢だ。それらが光を放射し、さらには天空から光の螺旋柱が降りてきて、フォー・ラン博士とマーシュを連れ去り、サン高地の悪しきものどもを滅ぼした。

◆ポイント
・若きダーレス独自の神話解釈にもとづいたため、〈古き者〉と〈旧神〉が混同されるなど、ラヴクラフトの作品世界とは相違がある。が、それも取り込んでしまうのが〈クトゥルフ神話〉の〈クトゥルフ神話〉たる所以(ゆえん)である。

暗黒の儀式 Lurker at the Threshold（1945）
＊H・P・ラヴクラフトとの合作　　　　　　　　　　　　　　　　　　　　ク6

〈第1章　ビリントンの森〉

　イギリス紳士アンブローズ・デュワートは、天涯孤独の身の上となり、余生を父祖の地で送ろうと、曽々祖父アリヤ・ビリントンの地所であるアーカム北部、ビリントンの森にやってきた。「怪しの時と所に通ずる扉を開くなかれ、戸口に潜みしものを招くなかれ」など、アリヤから伝わる言葉に興味を覚えた彼は、アリヤの息子ラバンの幼少時の日記や、ウォード・フィリップス牧師がアリヤと交わした書簡などを読みはじめる。深夜に怪音が轟いたり、地所内の環状列石で大量殺人があったりと、奇怪な事実が記されているなか、従者の先住民クアミスの失踪について調べるため、ダンウィッチにかけての集落を訪ねると、老人たちから自分がアリヤによく似ていると繰り返し言われ、アリヤが何か魔術めいた儀式をしていたことも聞かされる。遺された書簡からも儀式についての記述を見つけ、ついには自分が屋敷の塔で、黒魔術の儀式をする夢さえ見てしまう。不安に駆られたアンブローズは、ボストンに住む従弟スティーブン・ベイツを手紙で呼び出す。

〈第2章　スティーブン・ベイツの手記〉

　ベイツは、アンブローズの手紙に切迫したものを感じて駆けつけた。だが、すでに問題は解決した、といわんばかりのそっけない従兄の対応に、不審なものを感じる。だが、当のアンブローズは深夜に奇怪な呪文を唱えながら徘徊し、ベイツもまた、雪の上に水かきのある巨大な足跡を見つけ、塔の窓からアンブローズが見たのと同じ異形のものを見る。不安に駆られたベイツは、ミスカトニック大学付属図書館のハーパー博士に相談し、アンブローズを屋敷から連れ

出しボストンにしばらく滞在させるよう提案を受ける。だが、アンブローズは異形のものどもを召喚する儀式を塔で行い、さらには、曽々祖父の従者と人種も名前も同じクアミスという男を、急に従者に雇う。このふたりのやりとりに、ベイツは言いようのない恐怖を覚える。

〈第3章　ウィンフィールド・フィリップスの物語〉

　ハーパー博士の紹介で、ベイツは人類学者ラファム博士に会い、従兄アンブローズを巡る一部始終を話す。博士は助手フィリップスとともに、彼の話を検証していく。アンブローズが塔で召喚したのはナイアーラトテップ、ベイツが塔の窓に見たのはクトゥルフ。そして、アリヤが遺した謎めいた言葉がすべて、この地が異界に通じていることへの警告だと読み解く。このビリントンの森では、ビリントン家初代のリチャードが邪悪な信仰にもとづく儀式をおこなったが、先住民の賢人ミスクアマカスが邪神ヨグ＝ソトースを柱状列石に封じた。だが、リチャードは子孫代々に憑依し、ふたたびそれを解放しようとし続けている。今はアンブローズになりかわり、アリヤの従者を時の彼方から呼び出し、儀式を完遂しようとしているのだ。ラファム博士とフィリップスは、ヨグ＝ソトース召喚を阻止すべく、銀の弾丸で武装し、ビリントンの森に走る。

▶ポイント

・ラヴクラフトの死後、遺稿や創作メモにもとづいて、ダーレスは十数編の〈死後合作〉を発表している。本作はその中の最初にして最長の作品である。S・T・ヨシによると、本作は原文約50,000語のうち、ラヴクラフトが遺した計1,200語程度の、2つの断章を含んでいるという。
・「破風の窓」「ピーバディ家の遺産」などと共通する要素がある。また、舞台や事件から「ダンウィッチの怪」との関連が感じられるのも興味深い。

ドナルド・ワンドレイ （アメリカ　1908-1987）
Donald Wandrei

〔ヒッチハイクでラヴクラフト訪問〕

　ドナルド・ワンドレイは、ラヴクラフト同様に幼い頃から本に親しみ、詩作をし、ミネソタ大学在学中にはすでにパルプ・マガジンにSFやホラーを書いていました。1927年にはラヴクラフトを訪問するため、プロヴィデンスまでヒッチハイクの旅に出ています。この年に彼が発表したSFホラー「赤い脳髄」は、ラヴクラフトのアドバイスを受けたものと言われています。

〔もうひとりのアーカム・ハウス創立者〕

　ワンドレイは次第に、小説家や詩人としてではなく、編集者として活躍するようになります。しかし、大きな功績としては、やはり1939年に、オーガスト・ダーレスとともに出版社アーカム・ハウスを創立したことが挙げられるでしょう。1945年に辞任し、経営権をダーレスに譲渡するまで、ワンドレイもラヴクラフトの作品をはじめ、数々の怪奇幻想の名作の出版に尽力しました。また、ワンドレイの大きな功績のひとつとして、ダーレスとともに編纂したラヴクラフトの書簡集（1965-71）があります。（U）

〈メモ〉

・Cthulhuを「ク・リトル・リトル」と発音するという説は、ワンドレイがラヴクラフトから直接聞いた、という話にもとづいているが、ラヴクラフトはさまざまな発音を口にして、聞く人を煙にまいていた様子がある。

・ワンドレイの詩作は、クラーク・アシュトン・スミスに影響を受けながら独自の怪奇色を濃くしたもので、ラヴクラフトは彼の詩に触発されて長詩「ユゴス星より」を書いたといわれている。

足のない男 The Tree-Men of M'Bwa（1932） 新2

　コンゴ調査旅行に赴いた地質学者リチャーズは、博物学者アングレイと別れ、ダイヤモンドの鉱床を求めて月霊山脈を越えた。が、同行の現地人たちはこの土地を恐れ、彼を置いて逃げてしまった。やむなく単身、鉱床を探すが、彼の行く手に現れたのは、微動し続けて不定形に見える赤い金属の構造物と、それを囲むように生えている樹木化した人間たちだった。

　構造物から現れた怪物に捕らわれ、樹木にされてしまったリチャーズ。隣の化木人が語りかける。構造物は〈回転流〉と呼ばれて人類史以前からここにあり、古き邪神が住んでいる。それは何世紀も前に死んだ者を怪物化して手足に使い、近くに迷い込んできた者を樹木に変えているのだ。時の経過もわからぬまま木になっていくところに、アングレイが現れ、リチャーズの足を根から切り離し、怪物を倒して〈回転流〉の元から脱出する。

ポイント

・〈回転流〉：アトランティス以前からアフリカ奥地に存在する邪神の基地。独自の要素でコズミック・ホラーを語ろうとするワンドレイの姿勢がうかがえる。
・ワンドレイの小説には、異形のエイリアンの滅亡を描いた「赤い脳髄」や、ラヴクラフトが高く評価していたH・L・ホワイトの「ルクンド」をさらに無気味に発展させた「生えてくる」など、神話作品ではなくても、ラヴクラフトへの敬意が感じられるものが多い。

ロバート・ブロック (アメリカ 1917-1994)
Robert Bloch

〔《ウィアード・テイルズ》を読む少年〕

　ロバート・ブロックはシカゴの裕福な家庭に生まれ、幼い頃から文学や映画や演劇に親しむ、恵まれた環境にいました。彼は十歳のとき、叔母に買ってもらった《ウィアード・テイルズ》で怪奇幻想の世界に踏み込み、さらにラヴクラフトの食屍鬼物語「ピックマンのモデル」を読んで感激。「学校の先生も図書館の司書も知らない、アメリカでもっとも偉大な作家を、ぼくは見つけた」と、のちに自伝に書くほど心酔し、1933年からは文通をはじめました。

〔ラヴクラフトの若き友人〕

　1935年、ラヴクラフトのアドバイスを受けた短編「僧院での饗宴」で、ブロックは《ウィアード・テイルズ》にデビュー。それから、創作をさかんに発表するようになりました。よき師に恵まれたこともありますが、世界恐慌で銀行の職を失った父に代わり、原稿料で家計の一端を担うという面もありました。初期作品にはクトゥルフ神話が多く、そうでない作品からも、文体や題材にラヴクラフトの影響が強く感じられます。ブロック自身が創作した魔道書『妖蛆の秘密』が登場し、ラヴクラフトらしき作家が異世界の怪物に殺される「星から訪れたもの」も、この時期の作品です。

〔独自の神話作品へ〕

　1937年、ラヴクラフトが他界すると、ブロック自身もクトゥルフ神話への熱意を失いかけました。彼にとって神話作品を書くことは、ラヴクラフトを中心にした友人たちとのゲームを楽しむことだった、と、彼は後に語っています。

が、神話作品を書くのをやめてしまったわけではありません。「星から訪れたもの」への返礼としてラヴクラフトは、ブロックをモデルにした作家に恐怖と死を見舞う「闇をさまようもの」(1935)を書きましたが、ブロックはその続編「尖塔の影」(1950)ほか、この時期にも独自の神話作品を書いています。

なお、ブロックの神話短編はリン・カーターらにまとめられ、一部は『暗黒界の悪霊』(朝日ソノラマ文庫海外シリーズ)として邦訳されています。

〔ラヴクラフトに還る〕

その後、ブロックはミステリやＳＦでも活躍するようになります。サスペンスと残酷味がユーモアと混在する、独特な味わいの短編を得意としましたが、彼の名を世に知らしめたのは短編ではなく、サスペンスの巨匠アルフレッド・ヒッチコックが映画化した長編『サイコ』(1959)でした。豊富な知識を得ていた心理学や精神病理学を下地に、実際の犯罪事件への取材を交えて書き上げたこの現実的なホラーは、センセーショナルな作品として注目を集めます。

それでも、ブロックがラヴクラフトを忘れてしまうことは、ありませんでした。1979年の『アーカム計画』は、亡き友への思いをつめこんだ長編でした。

そして1990年、ラヴクラフト生誕百年を記念したアンソロジー『ラヴクラフトの遺産』に、ブロックはラヴクラフトに宛てた公開書簡という形で、序文を寄せています。そこで彼は、このように語っています。

「友よ、あなたが読者を打ちのめすことができたのには理由があった。冷徹な論理こそが冷たい戦慄をもたらすことをご存じだった」(尾之上浩司訳)。(Ｕ)

星から訪れたもの（妖蛆の秘密／星から来た妖魔）
The Shambler from the Stars（1935） クフ、新2他

　怪奇小説作家の私は禁断の魔道書を探し求めていた。『ネクロノミコン』や『エイボンの書』を手にすることは叶わなかったが、偶然に古書店で、ルドウィグ・プリンの『妖蛆の秘密』を手に入れる。
　私はこの書物を、プロヴィデンスに持参し、同好の友人に見せた。当初はその内容の邪悪さを警戒していた友人は、並ならぬ関心をもって『妖蛆の秘密』を手にし、呪文の一節を読み上げてしまう。すると突然、不可視の怪物が現れるや、友人に襲いかかり、血の色の恐るべき姿を現した。

ポイント

・ルドウィグ・プリン：中世の錬金術師。異端審問から火刑に処されるまでの間に、ブリュッセルの土牢の中で『妖蛆の秘密』を書く。同書は彼の死後一年して、ケルンで出版された。ファースト・ネーム「Ludwig」の日本語表記は「ルートヴィッヒ」「ルドウィク」などとされることもある。
・本作にラヴクラフトをモデルにした人物を登場させ、なおかつ無残な死を遂げさせるにあたり、ブロックはラヴクラフトに許諾を求め、ラヴクラフトは自分をモデルにした登場人物を「描き、殺し、軽視し、分断し、美化し、変心させることをふくめ、どうあつかってもよい」という趣旨の文面に、アブドゥル・アルハザード、フォン・ユンツト、レンのチョー＝チョー人ラマ僧の連名を添えた許諾の手紙を返している（1935年4月30日付ブロック宛書簡）。
・ラヴクラフトは本作を受けて「闇をさまようもの」（1935）を書き、若い友人への返礼をしている。→「闇をさまようもの」の項（41ページ）を参照
・ブロックはのちに「闇にさまようもの」の後日譚として「尖塔の影」（1950）を書いた。→「尖塔の影」の項（79ページ）を参照

尖塔の影 The Shadow from the Steeple（1950） ク7

　シカゴの小説家エドマンド・フィスクは、この15年、親友ロバート・ブレイクの死の謎を追っていた。プロヴィデンスの廃教会で謎の結晶体を発見したブレイクが、1935年8月8日の深夜に原因不明の変死を遂げたことは、ラヴクラフトが小説「闇をさまようもの」に詳しく書いている。

　友人の死に不審の念を抱いたフィスクは、ラヴクラフトと連絡を取りあって、真相を求めていた。ラヴクラフトは、事件の関係者である警察官や神父に取材し、結晶体を海に捨てたというデクスター医師とフィスクが面会できるよう、手配してくれたが、医師はほどなくして町を離れてしまった。さらに、1937年にはラヴクラフトも歿し、フィスクは手掛かりを失った。

　フィスクは従軍している間も、折を見てはデクスター医師との連絡を試みた。戦後になって、核兵器関係の報道でしばしばその名を見るようになったが、私立探偵に調査させても接触するすべはなく、1950年、ようやくその住居に医師を訪問することができた。

　医学より物理学への関心が高くなり、研究のため長年にわたり他所にいた、とデクスターは言う。彼の正体と、結晶体〈輝くトラペゾヘドロン〉を捨てた理由を、フィスクは見抜くが、そのため窮地に陥ることになる。

■ポイント

・ラヴクラフト「闇をさまようもの」の後を受けた短編。同作の終盤に登場するデクスター医師が重要な役割を果たしている。
・本作中、ブロックの作品「暗黒のファラオの神殿」についての言及があり、その作者は「いまひとりのミルウォーキーの作家」と呼ばれている。なお、ブロックの別名義のなかに「タールトン・フィスク」がある。

無人の家で発見された手記 Notebook Found in a Deserted House（1951） ク1

　両親と祖母をなくした12歳のウィリー・オズボーンは、ルーズフォードの丘に住むおじ夫婦の元でくらすことになった。ルーズフォードは父の故郷だが、そこで暮らす人は少ない。怖ろしい「あいつら」が棲んでいるからだ、と祖母は言っていた。父は、ハロウィーンの頃に「あいつら」が森で太鼓を叩くのを聞いた、と言っていた。

　そこで一年を過ごすうちに、ウィリーは森を怖れなくなってきた。が、黒い木のような姿をした、ひづめのような足跡を遺す巨大なものを目撃する。

　ハロウィーンが近づく頃、いとこのオズボーンから、おじ夫婦を訪れるという連絡が来る。滞在の準備を整え、約束の日におじは駅まで迎えに行くが、夜になって馬だけが空の馬車を牽いて帰ってくる。数日後には、おばも失踪してしまう。

　ひとりっきりになってしまったウィリーは、郵便配達のプリチェットじいさんの馬車で駅まで行き、町に助けを求めに行こうとする。そこに、オズボーンと名乗る男が現れるが、彼に不審を覚えたプリチェットじいさんは、ウィリーを連れて郵便馬車を走らせる。が、行く手には、あの黒い木のような怪物〈ショゴス〉が立ちはだかり、馬車を呑みこんでしまう。投げ出されたウィリーは、祖母から聞かされた儀式のとおりに、男たちがかがり火の下、祭壇に生贄を捧げるのを見る。オズボーンとその仲間から、からくも空き家に逃れたウィリーは、見つけたノートに事件の一部始終を書き遺す。

ポイント

・ショゴス：ウィリーの手記によると、姿は「黒いロープのかたまり」「いっぱいある口は葉っぱみたいで、全体は風にふかれる木みたい」で、200インチもある「山羊の蹄みたような足跡」を遺す、という（大瀧啓裕訳）。

アーカム計画 Stange Aeons（1979） 創元推理文庫

〈第1部　現在〉

　美術品収集家のアルバート・キースが手に入れた、無名の画家が描いた怪物の絵を見て、友人ウェイバリーは「ラヴクラフトの『ピックマンのモデル』に出てくる絵そのものだ」と指摘した。出所を同じくする本や手紙が入った箱を買い取るため、キースは翌朝、骨董店を訪れるが、古物商は惨殺されていた。ラヴクラフトが書いたと思われる手紙を現場で発見したウェイバリーは、それらの出所をたどるが、戻ってきたときは別の"何か"に入れ替わっていた。キースは偽のウェイバリーに殺されかけ、折からの地震で窮地を脱する。
　ラヴクラフトが書いていたことは事実だ、と知ったキースはタヒチへと向かい、退役軍人アボットと協力してルルイエ爆破を試みる。

〈第2部　その後〉

　キースの別れた妻であるモデルのケイは、〈星の智慧派教会〉のナイ神父から、広告写真の仕事を依頼される。教会に行くと、とりおこなわれているのは独自の宇宙観に裏打ちされ、奇怪な発音の名をもつ神々に祈りを捧げる異端の儀式だった。ケイに接触してきた政府諜報員ミラーは、撮影に同行して教団のアジトに潜入するが、ともに窮地に陥り、からくも脱出する。
　ケイがミラーに連れていかれたのは、ある会議の席上だった。そこではさまざまな分野の専門家が集い、ラヴクラフトの作品を分析、調査し、クトゥルフの復活を阻止する〈アーカム計画〉が進められていた。ナイ神父の正体は邪神ナイアルラトホテップ（ニャルラトテップ）であり、テロから地震までが、クトゥルフの糧となる人類の不安や恐怖を増幅するために行われている、という。アメリカ海軍はルルイエを核攻撃するため、原子力潜水艦を派遣した。

ミラーと恋仲になっていたケイは、彼に同行して潜水艦に搭乗していたが、攻撃終了後もミラーは帰らず、潜水艦はイースター島に向かっていた。島ではナイ神父が待っており、ルルイエから逃れてきたクトゥルフに捧げるべく、ケイを迎える。だが、その上空には爆撃機がすでに迫っていた。

〈第3部　近未来〉

　新聞記者マーク・ディクスンは、ロス・アンジェルス市長暗殺未遂事件を追っていた。25年前にクトゥルフの復活を望み、テロ活動を繰り返していた暗黒教団が、ふたたび暗躍しているのではないか。だが、孤児だった彼を育てた弁護士のモイブリッジは、ラヴクラフトが書いたことはすべて空想、一連の事件は集団恐慌として一蹴する本を書いており、マークの疑念に耳を貸さない。今やラヴクラフトの著作は図書館にもなく、古書でさえ見ることは稀になった。

　その夜、ロス・アンジェルスは大地震に見舞われた。養父を助けに戻ったマークは、すでに死んだモイブリッジと『ネクロノミコン』の一部を見つける。

　マークは〈深きものども〉に拉致されインスマスに来た。ロス・アンジェルスは大津波に呑まれ消滅している。影のような黒い男が現れ、ラヴクラフトの警告が絵空事と思われるよう、長年にわたり画策してきたことと、25年前にイースター島で邪神と人間の女の間に生まれた子供のことをマークに話す。その手にある結晶体の光を浴び、マークは自分が何ものであったかを思い出す。

　時は死に絶え、クトゥルフの治世がはじまる。

ポイント

・ラヴクラフト作品の本歌取りをふんだんに盛り込んだ長編。
・『アウトサイダー』はじめ、実在するラヴクラフトの著作も登場する。

フリッツ・ライバー（アメリカ　1910-1992）
Flitz Leiber

　フリッツ・ライバーはシカゴ出身のＳＦ／ファンタジー作家です。いわゆる〈ラヴクラフト・サークル〉の作家として語られることはあまりありませんが、晩年のラヴクラフトと文通して親交を深め、初期のホラー作品では大きな影響を受けています。また、彼を介してロバート・ブロックやヘンリー・カットナーと知遇を得ています。

　代表作に『ビッグ・タイム』（1961）や『放浪惑星』（1964）、「跳躍者の時空」にはじまる天才猫《ガミッチ》シリーズなどのＳＦや、ヒロイック・ファンタジー《ファファード＆グレイ・マウザー》シリーズ（1939-88）が挙げられますが、怪奇幻想系統では、長編『妻という名の魔女たち』（1969）や、世界幻想文学大賞を受賞した「ベルゼン急行」（1975）などがあります。

　クトゥルフ神話に関わるライバーの重要な仕事として、まず挙げておきたいのは、評論「怪奇小説のコペルニクス」（1949）と「ブラウン・ジェンキンとともに時空を巡る」（1966）です。前者は、ラヴクラフトが科学的な写実主義をもって、ホラーを人間世界から切りはなし、宇宙の測り知れない深淵に移しかえたことと、それでいて『ネクロノミコン』やアーカムの町などの夢想を遺したことを称え、クトゥルフ神話の本質をとらえています。また後者では、クトゥルフ神話の世界観に、ラヴクラフトのＳＦ作家としての先見性を称揚しました。さらに、クトゥルフ神話とその創造者への深い敬愛を込めた傑作短編「アーカムそして星の世界へ」（1966）も忘れるわけにはいきません。

　また、長編『闇の聖母』（1977）は、クラーク・アシュトン・スミスの日記と謎の書『メガロポリソマンシー』を巡るサンフランシスコ怪奇譚ですが、スミスはもちろんラヴクラフトも作中に引き出されてきます。（Ｕ）

アーカムそして星の世界へ To Arkham and the Stars（1966） ク4

　秋の夕暮れ、私はアーカムを訪れた。ミスカトニック大学文学科主任の部屋のドアを叩くと、ウィルマース教授があたたかく迎えてくれた。教授によると、「戸口にあらわれたもの」事件のダニエル・アプトンは潔白を証明され、建築設計でこの町に貢献している。南極の狂気山脈から帰還したダンフォースは治療を終えて復帰し、今は心理学を研究している。大学の番犬は、ウィルバー・ウェイトリイを咬み殺したあの猛犬とは代替わりしていた。

　教員談話室には、錚々たる面々が集っていた。ダンウィッチで見えない怪物と戦った3人のうちのモーガン教授。オーストラリアの砂漠に遺跡を踏査したナサニエル・ピースリー教授。南極の狂気山脈を探検したダイアー教授……彼らの口から聞く、〈焼け野〉のその後や『ネクロノミコン』の閲覧希望者についての話を、私は驚きつつ聞くばかりだった。さらに、ウィルマース教授はヴァーモントで冥王星人を保護し、彼らの協力を得ているという。

　今日は9月15日。私はアーミティッジ教授の墓参に来たのだ。1928年のこの日、教授はウェイトリイの双子を滅ぼした。そのほんの3日前に、ウィルマース教授は冥王星人と接触している。その暗合についてたずねると、この2つの事件の関連を、ウィルマース教授は語りはじめる。そして、1937年3月14日の深夜、ロードアイランド病院に入院中のある紳士が息を引き取ろうとする頃に起きた、奇妙な事件についても語る。あの紳士は今ごろ、海蛇座と北極星の間を飛び、宇宙の驚異を満喫しているだろう……そう語って、教授はミスカトニック河の上空に輝く北極星を指さした。

ポイント

・「ダンウィッチの怪」「闇に囁くもの」など、いくつものラヴクラフト作品の"その後"が語られる。

ラムジー・キャンベル（イギリス 1946-）
Ramsey Campbell

〔第2世代のトップバッター〕

　ラヴクラフト亡き後に神話体系に参入した第2世代作家の中で、先陣を切ったのがラムジー・キャンベルです。少年時代に神話大系と出会ったキャンベルは16歳でダーレスに神話作品の草稿を送り、翌1962年に神話アンソロジーに掲載された「ハイストリートの教会」でデビューを飾りました。1964年には、弱冠18歳で神話作品集を刊行しています。

〔英国の神話地帯〕

　ラヴクラフトの作り出した舞台をそのまま使わず、自分独自の世界を創造するよう忠告されたキャンベルがおこなったのは、英国にラヴクラフトのニューイングランドに匹敵する怪奇地帯を作り上げることでした。イギリス北西部のセヴァーン渓谷一帯にキャンベルは、大学都市ブリチェスターを中心としてテンプヒル、カムサイド、セヴァーンフォード、ゴーツウッド、クロットンなど魔女や怪物の伝承に満ちあふれた土地をちりばめていったのです。
「ハイストリートの教会」では、この地方一帯で時空移動するものを崇める儀式が今なお行われており、テンプヒルの街なかには教会の隣にヨグ＝ソトースの神殿が建てられて、町民が儀式に耽っています。また、「暗黒星の陥穽」（1964）ではブリチェスター近郊の岩山に、ユゴス星との通路となる石塔が建っています。「妖虫」（1964）ではゴーツウッドの森にシャッガイから来た昆虫族が潜み、近づいた人間を操りながら、崇拝するアザトースを地球に呼び込もうとしており、「城の部屋」（1964）では『妖蛆の秘密』に「蛇の髭をもつ忘却の神」と記されたバイアティスがセヴァーンフォードの古城で召喚され、人を食っては巨

大化して現代に至るまで潜んでいました。

〔グラーキの黙示録〕

　土地だけでなく、キャンベルは邪神や魔道書でもオリジナルの存在を生み出しました。たとえば『ネクロノミコン』や『エイボンの書』に連なる魔道書『グラーキの黙示録』は、しばしば登場人物に重要な示唆を与えています。「異次元通信機」（1964）ではセヴァーンフォード近郊の丘陵地帯で、ブリチェスター大の元教授が『黙示録』などを参考にしながら音が物質に、物質が音に変換される異次元の住人スグルーオと交信実験を行っていました。また、「ヴェールを破るもの」（1964）ではカムサイドの街なかのアパートで、『黙示録』にしたがってアトランティスで崇拝されていた闇の中の邪神ダオロスを召喚し、世界の真の姿を見ようと試みます。

〔正統派から新たな恐怖へ〕

　こうしたオリジナル神格の登場する決定版ともいえるのが「恐怖の橋」（1964）と「パイン・デューンズの顔」（1980）でしょう。
「恐怖の橋」はクロットンの街で100年以上にわたって続いた黒魔術の恐怖と、その頂点として召喚された単為生殖の怪物イル＝ンフングルによる街の廃滅を、過程の間接描写とおぞましい怪物の写実、そして学者の対抗策で描いたブリチェスター版「ダンウィッチの怪」とでもいうべき正統派の力作。一方「パイン・デューンズの顔」は、太古の人類の子宮に植えつけられ、世代を重ねるごとに完全体に近づきながら親たる旧支配者に吸収されていく〈旧支配者の養い子〉の存在を、荒涼とした海辺の村を背景に疎外感や父の抑圧、家庭の閉塞といった青春小説の手法で描いた異色作です。

　キャンベルは神話の意匠や形式よりも、かつてラヴクラフトが目指した新し

い恐怖の追求こそを重視していました。自身の編で「パイン・デューンズ」のほかにキングやT・E・D・クラインらの作品を収め、序文で類型化の危機を危惧して「語られた以上の、もっと大きな何ものかをかいま見せること」に「自由に立ち戻る」志向を打ち出した神話アンソロジー『New Tales of the Cthulhu Mythos』(新6・7)には、そのことがよく現れています。

　ラヴクラフトにも通ずる孤独や疎外感を漂わせた作品を多く著したキャンベルは、次第に神話大系を離れ『母親を喰った人形』(1976)、『無名恐怖』(1981)など心理面を重視したモダン・ホラーの旗手として活躍していきます。が、彼の提起した問題は常に忘れられるべきではないでしょう。(Ｓ)

ポイント

・第2世代の先陣。
・ブリチェスターを中心とするイギリス北西部の神話地帯の創造。
・『グラーキの黙示録』、イル゠ンフングル、〈旧支配者の養い子〉などの創出。

恐怖の橋 The Horror from the Bridge（1964）

扶桑社ミステリー『クトゥルフ神話への招待 遊星からの物体X』所収

　ブリチェスター近郊の街クロットンの川縁には、無気味な象徴が刻まれたコンクリートの高い建物だけがそびえ、残りの家屋はすべて破壊された。その原因となった古い事件について、ブリチェスターの人間は語ろうとしない。

　ことの起こりは1800年、川縁の家にジェームズ・フィップスなる科学者が引っ越してきた。彼は水底に魔性のものが棲んでいた地下都市への入り口があり、その封印を解けば異星から飛来したものが蘇るという伝承に強い興味を示す。

　5年後、彼はテンプヒルのある集まりで会ったという死人のように青白い、気味の悪い女と結婚し、やがて息子のライオネルが生まれた。長じたライオネルは父の研究を手伝うようになり、ふたりは夜な夜な川岸や橋の周りを調べて歩く。さらには一家で家の地下を掘っているらしい。工事に入った男たちの恐怖の叫びが響き、近隣の刑務所からの脱獄囚を追っていた捜索隊のひとりは、地下水脈に通じるドアと、その向こうに立つ奇怪な影を目撃したという。しかし、なぜか事件は忘れ去られてしまった。

　やがて父リチャードが亡くなると、ライオネルと母との間には亀裂が生じた。"かれら"を解放しようと目論む息子を思いとどまらせようとする母に対し、ライオネルは次の"処置"が必要になったときに助けないと脅す。その夜母は出ていき、翌朝1世紀前のものとしか思えない女の死体が発見された。

　一方、大英博物館で『ネクロノミコン』や『エイボンの書』による研究を重ね、正しい星の位置や正確な呪文を追究していくライオネルに、司書のフィリップ・チェスタートンは危惧を覚えていた。かつてテンプヒルのある組織が死体を蘇らせ、異星の神の力によって生者との間に子を成していたという話を知った彼は、ライオネルがその子供ではないかと考え、別世界の存在を解き放

うとしているらしいその企みを阻止すべく、自ら職を辞してブリチェスターに移り住む。その後一帯では怪異が頻発。誰かが目撃し、書き遺したと思しき異世界の怪物のスケッチも発見された。チェスタートンは『ネクロノミコン』を研究して、独自に呪文を編み出そうとする。

そして1931年9月2日の夜、ライオネルはついに異星の神を解き放った。彼の唱える呪文に応じ、川の中からおぞましい怪物たちが姿を現す。臓器が透けて見える半透明で楕円形の胴体に、ひれのついた6本の腕と2本の触手、そして水かきのついた4本の足。頭部には眼がなく、亀裂のような口からは列になった触手が垂れ下がっていた——。しかし、それを食い止めようとチェスタートンが唱えていた新呪文の効用か、折から通りかかった若者たちがかろうじて正気を失うことなく、持ち合わせていた銃で怪物を撃退。2体は倒され、ライオネルも腐肉をまとった骸骨と化したが、残る1体は闇に消えた。

人々がパニックを起こして逃げまどう中、撃ち倒した瀕死の怪物に仲間のひとりを殺された若者たちは、チェスタートンに助力を申し出た。チェスタートンは怪物——イル＝ンフングルに対抗する呪文のメモと、特殊なレンズによる眼鏡を用意し、彼らとともにイル＝ンフングルを追う——。

ポイント

・水底に封じられ、単為生殖で増えるイル＝ンフングル。
・旧支配者との交渉から生まれ、異次元の怪物を呼び込もうとする"子"と、学者が対峙する構図や、怪物の徘徊でパニックに陥る街の描写は「ダンウィッチの怪」の変奏曲。

妖虫 The Insects from Shaggai（1964） 新4

　ブリチェスターのバーで私＝幻想作家ロナルド・シアは、ゴーツウッドの森にまつわる奇怪な言い伝えを聞かされる。17世紀、隕石が落下した森の空地で魔女が集会を開くようになり、巨大なものの影に追われた若者が空地に聳え立つ金属の円錐塔と、その中から何かが這い出てくるのを目撃して半狂乱になった。そして森の中には今も正体不明の存在が徘徊しているというのだ。

　翌日、早速森へ向かった私は立ちこめる霧の中で怪物に襲われて方向を見失い、森をさ迷ううちに伝承の円錐塔を発見する。側面に彫られた異星の風景と奇怪な昆虫種族の姿を眺めていたとき、ハッチが開いて中から飛び出した昆虫の群れが襲いかかってきた。次の瞬間、1匹の昆虫が私の脳の中に入り込んだ！

　昆虫は脳の中を這いまわり、記憶を送り込んでくる。彼らの種族は宇宙の外縁近くにあるシャッガイ星に住んでいたが、天体の衝突による滅亡を逃れ、異星を転々とする。最終的にたどり着いた地球で、彼らは催眠によって魔女集団を結成させ、自分たちの記憶を注入して幻覚の快楽を与える代わりに、人間たちの潜在意識下に潜む倒錯を味わう。そしてそのうち、彼らを利用して地球を支配しようと目論見はじめた。しかし、集団は魔女狩りに遭い、近隣の人間たちも森を忌避して近寄らなくなったため、昆虫族はほかの惑星から奴隷として連れてきた生物ザイクロトルを使って、迷い込んだ人間を円錐塔までおびき寄せていたのだ。そのかたわら、彼らは塔の地下で邪神アザトースに生贄を捧げて、多次元の門を開こうとしていた。

　自分も操られて、新たな犠牲者を捜し求めていることに気づいた私は──。

ポイント

・シャッガイ星人のアザトース崇拝──魔女伝説とコズミック・ホラーの融合。
・異星生物との記憶の共有は神話作品の一典型。

パイン・デューンズの顔 The Face at Pine Dunes（1980） 新7

　トレーラーで英国各地を放浪していたマイケルの両親は、海沿いの村パイン・デューンズに腰を落ち着けた。これまで友人を持てず、孤独だったマイケルは定住を歓迎するが、散歩に出た夜の森の中で、"闇"が後をついてくるという恐怖にとらわれる。行く当てもないまま村に出たマイケルは、クラブで出会った少女ジェーンに勧められバーテンとして働くことになる。

　不定形の蠢（うごめ）く"闇"や、泡のかたまりのようなたくさんの顔──なぜか子供の頃の記憶と結びつく悪夢。夜な夜などこかに姿を消し、彼が職やガールフレンドを得たことに奇妙な反応を示す両親。さまざまな不審を抱くマイケルは、このパイン・デューンズがかつて祖父母が住んでいた地であることを思い出した。さらにジェーンから借りた本で、今まで自分たちが訪れた土地がことごとく魔女伝説の残る場所であることを知り、マイケルは図書館でパイン・デューンズの伝承について調べた。そこには、森の中をうろつきまわる巨大な黒いものについて記されていた。いったい両親は連夜、どこで何をしているのか？　盗み見た母のノートに引用されている数々の奇妙な書名。〈旧支配者の養い子〉とは何のことなのか？　父が母に薬を盛り、誰も出て行けないように車をどこかに隠してしまったと知ったマイケルは、焦燥感に駆られ、ジェーンを連れて森へ向かった。たどり着いた広場で見たものは──。

ポイント

・旧支配者が太古の人類に宿らせた化身が、記憶を共有しながら世代を重ねるにしたがって完全体に近づき、体内に吸収される〈旧支配者の養い子〉。

・実在する魔女伝説の地に入れ込まれた架空の地パイン・デューンズ。

・神話作品の一典型である古い血脈への回帰が、疎外感や父の抑圧という青春小説の手法で描かれる。

ブライアン・ラムレイ（イギリス　1937-）
Brian Lumley

〔第2世代による再解釈〕

　ラヴクラフトを直接知らない第2世代作家の旗頭といえるのが、ラヴクラフトが歿して9カ月後に生まれたことから"ラヴクラフトの生まれ変わり"とも称されるブライアン・ラムレイでしょう。少年時代に神話体系と出会い、長じて陸軍で軍務に就くかたわら執筆したパスティーシュがダーレスの目にとまってデビューしたラムレイは、登場人物から設定までラヴクラフトらの先行作を大胆に取り込んでいきます。

　しかし、それらは単なるファン気質のオマージュにとどまるものではありません。ラムレイは先行作を現代の目で解釈し、設定は継承しつつもあくまで別個の物語を紡ぐことで神話大系にさらなる蓄積と広がりを加えていったのです。ラヴクラフトの掌編「サルナスの滅亡」(1919)に語られたわずかなイメージから、水蜥蜴神ボクラグの末裔の流離譚に発展させた青春ホラー「大いなる帰還」(1969)や、「宇宙からの色」（別題「異次元の色彩」1927）から移植した怪植物譚「異次元の灌木」(1971)、「狂気の山脈にて」(1931)における南極探検のひそみに倣って英国の荒野で地下都市を発掘する「狂気の地底廻廊」(1971)、あるいはロバート・E・ハワードが生み出した〈黒の碑〉を現地シュトレゴイカヴァールで見物してきた男女が怖ろしい目に遭う「木乃伊の手」(1980)など──。

〔大系構築への意志〕

　ラムレイはこうした既存ガジェットの流用の中にオリジナルを紛れ込ませることで、自作を自然に神話大系に連ねていきました。デビュー作「深海の罠」

(1968) には、インスパイアされたと思しきカール・ジャコビ「水槽」(1961) から引いた異端の書名群の中に、以後何度も登場することになるオリジナルの魔道書『水神クタアト』が早くも紛れ込んでいます。

 さらにラムレイは、自作の物語自体をほかの物語に取り込むことで神話の構造を重層的にしていきます。たとえば、神秘主義作家がクトゥルフ眷族の邪神オトゥームに仕える深海の怪物魔道士と肉体を交換されてしまう「盗まれた眼」(1971) は、登場人物や語られる事件において「狂気の地底廻廊」と表裏の関係にあります。そして両作をはじめ、しばしば作品中でふれられるエイマリー・ウェンディ＝スミス卿の失われた都市グ＝ハーン探検と、その手がかりとなった『グ＝ハーン断章』。ラムレイは神話の意匠や定型以上に、意識的な増殖と反復による蓄積という大系構築の過程そのものを踏襲しているのです。

 また、神話の基本構造――古き恐怖が現代に至るまで連綿と息づいているというテーゼについても、ラムレイは現代的なモティーフを取り入れることで、かえってその古さを強調します。北海油田という現代の物質文明の象徴でもある開発現場に太古の怪異が発生し、掘削ドリルが海底に眠る邪神の背中をぶち抜くという「海が叫ぶ夜」(1971) はその最たるものでしょう。

〔伝奇としてのクトゥルフ神話〕

 こうしたラムレイの作風の集大成が『地を穿つ魔』(1974) に始まる《タイタス・クロウ・サーガ》です。オカルティスト、タイタス・クロウと、「銀の鍵の門を越えて」(1932-33) に登場するエティエンヌ＝ローラン・ド・マリニーの息子アンリが時空を越えてＣＣＤ――クトゥルー眷属邪神群と戦いを繰り広げるこのシリーズには、「時間からの影」(1934) の主人公ナサニエル・ウィンゲート・ピースリー教授の息子ウィンゲートも重要な役で登場します。一方、邪神側もイタカ、ティンダロスの猟犬、ハスター、ヨグ＝ソトースなど

に加えて地をうがつものシャッド=メル、クトゥルフの娘クティーラ、あるいはクトゥルフと瓜二つの旧神クトニアなどオリジナル神格も登場。壮大なコズミック・オペラの駒として活躍します。さらには、ついに語られるエイマリー卿のグ=ハーン探検や「海が叫ぶ夜」の再録が自立した1章として挿入されたり、「ド・マリニーの掛け時計」（1971）を航時機として飛び回らせるなど、ラヴクラフトから自作まであらゆる要素を投入した感があります。

　しかし、このシリーズの最大の肝は邪神群に対抗する人間側の組織として、「闇に囁くもの」（1930）のウィルマース教授の遺志を受け継いだウィルマース財団(ファウンデーション)を誕生させたことでしょう。邪神群をあくまで地球外生物としてとらえ、別体系の科学によって対処しようという方法論は旧神による旧支配者封印や、アザトースの"正体"などに加えられる新たな解釈にも現れています。

　こうしたアプローチには神話を卑小化するものだという批判もありますが、一方でこの魅力的な設定・キャラクターたちをより幅広くエンターテインメントの素材とする、今日まで続く道を拓くものでした。かつて「私だけは神話を死なせたりはしない」と述べたラムレイの決意は、達成を見たというべきでしょう。（S）

ポイント

・クトゥルフ伝奇活劇大作《タイタス・クロウ・サーガ》。
・シャッド=メル、クティーラ、『水神クタアト』、失われた都市グ=ハーンなどのオリジナル神格・魔道書・都市。
・ラヴクラフト作品から独自の発展を遂げたキャラクターたちや物語。

大いなる帰還 The Sister City（1969）　　　　　　　新5

　ロンドンの空襲で両親を失い、自身も2年間の入院を余儀なくされた私、ロバート・クラクは、尾骶骨の異常や手足の指の間にある水かき状のもの、全身の無毛などから気味悪がられながら、古代の物語の世界にのめり込んでいった。

　17歳で退院した私は父の遺産を相続し、古代遺跡の研究に没頭するようになる。その対象は現実にとどまらずカダス、ルルイエ、ムナール、ヒューペルボリアなど真偽の定かならぬものにまで及び、エイマリー・ウェンディ＝スミス卿のグ・ハーン探検譚に傾倒した。

　数年後、健康を回復した私はかつて幼時を過ごしたヨークシャーの荒れ野(ムーア)に家を買い、世界の遺跡を巡る旅に出た。キプロスでは、地元の潜水夫を凌ぐ潜水能力や、容貌などから忌避される。また、アラビアの砂漠でも、廃都カラ＝シェールを目指す途上、鱗状の肌はじめ身体的特徴から現地人のガイドに逃げられるが、ひとりたどり着いた目的地で啓示を得て、さらにムナールの湖底に沈む都サルナスと、その民に滅ぼされた都市イブに至った。

　イブの廃墟に遺された石柱の古代文字をなぜか読解できた私は、イブの姉妹都市がどこかに存在することを知り、懐かしさを覚える。やがてカイロに戻った私は、姉妹都市がほかならぬ故郷イギリスの荒れ野に存在した可能性を知った。急ぎ帰国した私を待っていたのは、イブの石柱に刻まれていたのと同じ文字で記された父の遺書だった。両親は、そして私は人間ではなかったのだ――。

▶ポイント
・初めて語られるエイマリー・ウェンディ＝スミス卿のグ・ハーン探検をはじめ、カラ＝シェール（無名都市）など神話都市への言及。
・ラヴクラフト「サルナスの滅亡」においてサルナスを呪いで滅ぼした、イブの水蜥蜴神ボクラグの生態が明らかに。

妖蛆の王 Lord of the Worms（1983）

創元推理文庫『タイタス・クロウの事件簿』所収

　第二次大戦中、オカルトの知識を買われて英陸軍でヒトラーの神秘趣味に関する助言や、数秘術を活用した暗号解読などに従事していた青年タイタス・クロウは、終戦とともに職を失い無為の日々を過ごしていたが、宗教組織の総帥にして「現代の大魔術師(モダン・メイガス)」「妖蛆の王(ワーム・ロード)」との異名をもつジュリアン・カーステアズの、厖大なオカルト文献を整理する秘書に採用される。

　サリー州の人里離れた森の奥に建つ荒れ果てた〈古墳館(ザ・バロウズ)〉で、クロウは雇い主カーステアズと初めて顔を合わせた。ミイラのような風貌に強い眼力を具えたカーステアズはクロウに、唐突に生年月日をたずねる。どことなく不穏なものを感じたクロウは、とっさに年をずらして答えていた。平日は館に滞在し、主が友人と集会を開く週末は館を出ること、部外者を入れず、書斎と地下倉庫には立ち入らないことなど取り決めを結んだ後、クロウは仕事場となる書庫でその蔵書に驚嘆する。『エイボンの書』『妖蛆の秘密』『屍食教典儀』『智恵の鍵』『水神クタアト』『深海祭祀書』『ナコト写本』『ルルイエ異本』そして『アル・アジフ』——。興奮とともに奇妙な体調不良を覚えたクロウは、早々に床に着いた。それが夕食のときに飲まされたワインのせいだとも知らずに。そして夢の中で、周りを囲んだカーステアズと男たちが自分の"数"を666とし、"ふさわしい器"だと語っているのを聞くが、翌朝目覚めたときにはすっかり忘れ去っていた。カーステアズの言葉にしたがって——。

　翌日からクロウは早速仕事を始めたが、生年月日を訊かれたことや、考古学談義の中で反キリストの生地のひとつといわれるガリラヤ湖畔に言及したことなどから、カーステアズに対して微かな疑念を抱く。それに、書庫を這っていた無気味な蛆虫——。

週末がきて、一度はロンドンに戻ったクロウだったが、あのワインの誘惑に抗し難く、月曜を待たずして再び古墳館に赴いてしまう。主を捜して向かった書斎の外でクロウは、聖燭節前夜(キャンドルマス・イヴ)に自分と〈屍蟲〉(チャーネル・ホード)を巡る何らかの企みを洩れ聞いた。だが、すでにワインの中毒症状を呈しているクロウはカーステアズの思惑のまま、館に縛りつけられているのだった。

カーステアズが外出した隙に、意志の力を振り絞って邸内を探索し、クロウは6枚の肖像画を目にする。それらにはそれぞれ、反キリストがガリラヤ湖畔に生まれたといわれる1602年に始まる何らかの期間らしい年号が記されており、一番新しいカーステアズ自身の肖像は1946——今年までとなっていた。さらには偶然、カーステアズが自分の生年月日をロンドンの戸籍登録所に照会した、その返信を見たクロウは強い危機感を覚え、金曜のうちに館を離れる。ロンドンで化学者の友人にワインの成分分析を依頼し、旧知の医師にはカーステアズにかけられていると思しき催眠術を解いてもらう。そして、懇意にしている大英博物館稀覯書部の学芸員に相談したところ、ルドウィグ・プリン『妖蛆の秘密』中の「サラセン人の宗教儀式」を内密に提供された。そこには妖蛆魔道士が"数"を利用して、魂を若者の身体に移し替えたという記述が——。

あえて館に戻ったクロウは、ますます蛆虫が這いまわり、カーステアズが邪悪な笑顔でワインを飲ませてくる中、薄れゆく意志の力を奮い立たせながら最後の瞬間の対決に向けて準備を整えていく——。

ポイント

・オカルティスト、タイタス・クロウにとって最初の事件。
・『妖蛆の秘密』をはじめ神話大系の魔道書が続々登場。
・妖術師による身体乗っ取りはクトゥルフ神話の定番の1つ。

地を穿つ魔 The Burrowers Beneath（1974） 創元推理文庫

　地底に潜み、岩盤を掘り抜いて進む頭も眼もない蛸のような怪生物の悪夢に連夜悩まされていたタイタス・クロウ。彼は夢の中で聞いた伝説の都グ＝ハーンの名から、30年前にグ＝ハーン探索に赴き、探検隊員中唯一生還したものの精神の均衡を失い、やがて奇怪な失踪を遂げたエイマリー・ウェンディ＝スミス卿を思い出す。その甥で作家のポール・ウェンディ＝スミスもまた日を置かずして失踪したが、手記とも小説ともつかぬ草稿を遺していた。それによれば、エイマリー卿はアフリカ奥地でかつてグ＝ハーンを滅ぼした魔物シャッド＝メルと遭遇。その卵を持ち帰ったために、地の底に引きずり込まれたというのだ。

　折から、英国中部を南から北へと直線的に移動する奇妙な群発地震が発生。北西部の産炭地帯では落盤や地盤沈下が相次いで起こり、廃坑に入った調査員は岩盤を熱で焼き切ったかのような横穴が張り巡らされているのを発見する。その壁面には蛸のような奇怪な生き物の姿が刻まれ、横穴が交差する中心には4個の岩屋真珠状（ケイヴ・パール）の球体が鎮座していた。そして坑を出ようとしたとき、男の耳には無気味な呪文のような音声がどこからともなく聞こえてきたという。

　一連の事件を〈地をうがつもの〉クトーニアンのイギリス侵攻と看破したクロウは、盟友アンリ＝ローラン・ド・マリニーに助力を仰いだ。ふたりは古文献を渉猟し、地球とは別体系の"科学"によって邪神に抗する術を探るが、シャッド＝メルの精神攻撃が彼らを蝕んでいく。さらにシャッド＝メルは、知識を吸収するために肉体から脳を取り出して軟泥状のかたまりに移植していたエイマリー卿を警告役に送り込んできた。

　目の前でエイマリー卿が溶解し、衝撃醒めやらぬふたりの前に、米ミスカトニック大学のウィンゲート・ピースリー教授が現れた。クロウとはかねてから書簡を通じて交流があったピースリーは、邪神研究の泰斗である故アルバート・

ウィルマース教授の遺志を受け継いでＣＣＤ——クトゥルフ眷属邪神群(サイクル・ディアーティーズ)と戦う国際秘密組織ウィルマース財団(ファウンデーション)にふたりをスカウトしに来たのだった。ファウンデーションでは秘密裡に組織的・体系的な邪神研究を行っており、シャッド＝メルについてもすでに入手した卵から孵化に成功。実験によって放射能と水に弱いことが判明しているという。

　折から襲来した海棲(シー)ショゴスを撃退した彼らは、感応能力者(テレパス)によってクトーニアンの居場所を索敵し、護符を落とした縦坑で囲んで動きを封じるという掃討作戦に加わった。第１次攻撃の現場監督を務める"ポンゴ"・ジョーダンはかつて北海油田の掘削中に、海底に眠るクトーニアンの背をぶち抜いた経験があった。

　攻撃対象のクトーニアンと感応したテレパスが狂気に陥るなど多大な犠牲を払いながらも攻撃は成功。全土にわたる掃討作戦は着々と進行し、ついにクトーニアンはイギリスから駆逐される。だがそれは、精神攻撃の威力を一段と強めたクトゥルフ眷属群との、世界各地における全面戦争の始まりにすぎなかった。シャッド＝メルの反撃によって、ファウンデーションのメンバーが次々斃され、ふたりにも危機が迫る——

ポイント

・旧支配者の性質・生態の新解釈。

・「海が叫ぶ夜」を丸ごと１章に再録したり、これまで断片的に語られるのみだったエイマリー卿のグ＝ハーン探検をやはり独立した１章として詳述したりと、旧作を随所に取り入れている。

・アンリは「銀の鍵の門を越えて」、ピースリーは「時間からの影」の登場人物それぞれの息子。また、ＣＣＤと戦うファウンデーションの由来となっているウィルマース教授は「闇に囁くもの」の登場人物。

コリン・ウィルソン（イギリス　1931-）
Colin Wilson

〔博識にして多作〕

　コリン・ウィルソンは1956年、文学の登場人物に始まり、実在する芸術、文学、思想の異才たちを独自の視点とらえた評論『アウトサイダー』で、一躍脚光を浴びました。その後、現在に至るまで、文学はもとより、犯罪事件を採り上げた『殺人の哲学』などや、『オカルト』はじめオカルティズムを書いたものなど、幅広い分野を論じた著書を数多く発表しています。また、ミステリ『ガラスの檻』やSF『宇宙ヴァンパイアー』などの創作も手がけています。

〔ラヴクラフトへの批判を機に〕

　ウィルソンとラヴクラフトの接点は、1961年に発表した評論『夢見る力』にあります。彼は同書で、それまで軽視されていたラヴクラフトを、ひとりの文学者として正面から採り上げました。ただ、彼の独自の論調はなかなか辛辣だったため、オーガスト・ダーレスの抗議を受けることになります。

　しかし、それをきっかけにダーレスの知己を得たウィルソンは、彼の提案を受けて『精神寄生体』(1967)を書きました。同作と、続く『賢者の石』(1969)とで、彼はクトゥルフ神話の世界観をふまえながら、意識の拡張や潜在能力の発現といった、彼の思想を小説の中で展開しています。さらに、ダーレス編のクトゥルフ神話アンソロジーには中編「ロイガーの復活」(1969)を寄稿しました。

　1978年には、ジョージ・ヘイ『魔道書ネクロノミコン』の出版にも関わりました。もっとも、その舞台裏は、早くも84年に、エッセイ「『魔道書ネクロノミコン』捏造の起源」でウィルソン自身が、ユーモアたっぷりの語り口で暴露してしまっています。（U）

ロイガーの復活 The Return of the Lloiger (1969)

ハヤカワ文庫ＮＶ→角川ホラー文庫『ラヴクラフト　恐怖の宇宙史』所収

　私の名はポール・ダンバー・ラング。ヴァージニア大学で英文学を教えているが、ひょんなことからヴォイニッチ写本の解読に関わることになる。それはイタリアで発見された暗号文字の写本で、オリジナルは13世紀の哲学者にして科学者ロジャー・ベーコンによるものだと言われている。

　写本を写真撮影すると、摩耗した暗号文字が光線と色調の変化によって読めるようになるのに、私は気づく。その文字が中世アラビア文字であり、言語はギリシア語もしくはラテン語である、と推理し、写本の題名が『ネクロノミコン』であることを発見した。それはラヴクラフトの創作ではないのか？　だが、写本が言及する〈アクロ文字〉について、アーサー・マッケンが作品でふれているのを見つけて、私はマッケンの故郷ウェールズに赴く。

　ウェールズの故事をよく知るアーカート大佐に会いにいった私は、奇説を聞くことになる。有史以前に星から来た生命体〈ロイガー族〉はムー大陸に棲み、自分たちの奴隷とすべく人類を創造した。だが、地球の地殻変動のため、地中や海底に隠れざるを得なくなった。そして復活の時を待っている、というのだ。

　周辺に比べはるかに高い犯罪発生率。ときどき起きる原因不明の爆発や地震。私は、ロイガーを信仰しているらしいロマの長老チクノから話を聞き、酒に酔った彼からロイガーの秘密の一端を聞き出す。だが、さらなる惨事が相次ぐ。ロイガーの復活は間近なのか？

ポイント

・ヴォイニッチ写本＝『ネクロノミコン』というアイデア。
・アメリカ（ラヴクラフト）とウェールズ（マッケン）を結ぶ「ロイガー」。

リン・カーター （アメリカ 1930-1988）
Lin Carter

〔小説家、評論家、編集者〕

　リン・カーターは、創作、評論、出版それぞれの分野で、アメリカのファンタジーに大きな足跡を遺しています。

　小説家としてはヒロイック・ファンタジーを得意とし、スプレイグ・ディ・キャンプとともにハワードの《英雄コナン》シリーズの補作や続編を手がけました。評論家としての主著には、『指輪物語』研究の先鞭を切った『トールキンの世界』（別題『ロード・オブ・ザ・リング「指輪物語」完全読本』1969）ファンタジー評論の古典『ファンタジーの歴史　空想世界』（1973）があります。

　また、編集者として、カーターは1960年代後半から70年代半ばにかけて、バランタイン社の《アダルト・ファンタジー》シリーズを手がけました。エディスン『ウロボロス』やピーク《ゴーメンガースト三部作》に始まり80点を数えるシリーズには、ダンセイニ、クラーク・アシュトン・スミス、そしてラヴクラフトなどの傑作が勢揃いし、ファンタジーの再評価を大きく進めました。

〔クトゥルフ神話への貢献〕

　カーターは『クトゥルー神話全書』（1972）でラヴクラフト再評価の機運を作りました。さらに、「クトゥルー神話の神々」「クトゥルー神話の魔道書」は基本的な資料として今も参照されています。神話の創作は、過去の作品との関連付けを強く意識したファン気質に富み、一読の価値があります。

　また、晩年は『ネクロノミコン』や『エイボンの書』を自ら創作する試みに着手しました。その一部は『魔道書ネクロノミコン外伝』（学習研究社）と『エイボンの書』（新紀元社）で読むことができます。（U）

墳墓の主 The Dweller in the Tomb（1971） 新5

　1913年に、ハロルド・ハドリー・コープランド教授は、中央アジア・ツァン台地への調査旅行を指揮した。教授はポリネシア神話とクトゥルフ神話との関連や、謎の『ポナペ島経典』の研究で著名であったが、その後は精神に異常を来たし、考古学会から身を引いていた。この調査旅行は、教授ただひとりが生還するという悲しむべき結果に終わり、ツァン台地北部の遺跡から古文書『ザンツー石版』を発見したのが唯一にして最大の成果だった。だが、その一部を解読し発表したことで、教授は学術界から非難を受け、失脚した。

　教授の手記によると、ツァン台地の探検は以下のような顛末だったという。

　9月18日。水袋がことごとく引き裂かれ、調査団は水の蓄えを失う。

　23日。『ポナペ島経典』の記述どおりに、遺跡への目印を発見する。

　28日もしくは29日。24日に怯えはじめていたポーターが5人、逃亡した。残ったポーターたちも、〈ミ＝ゴウ〉を恐れはじめる。10月3日または4日、チャウグナーの洞窟に到着。

　（日付不詳）雪原を移動中、類人猿のような怪物たちに襲撃され、ポーターたちは殺されてしまう。だが、怪物は私（教授）の顔を見ると、悲鳴をあげながら逃げていった。……寒さと飢えに苦しみながら、妖術師ザンツーの埋葬地に向かう……

　……ついに埋葬地に到着。墳墓の石扉を押し開け、侵入する……ミイラたちが文字を刻んだ翡翠板を抱えている……私は棺の中を見た。その中に横たわるミイラの顔は、まさしく私自身の顔だった。

▶ポイント

・ザンツー石板の登場。
・ツァン台地探検。チャウグナーの洞窟（「恐怖の山」）、ミ＝ゴウとの遭遇。

ヴァーモントの森で見いだされた謎の文書 Strange Manuscript Found in the Vermont Wood（1988） 青心社『ラヴクラフトの世界』所収

　1936年の早春、ヴァーモント州ウィンダム郡タウンゼンド村の南にある森で、雪の中からブリーフケースが見つかった。それは高空から落ちてきたように雪に深く埋もれ、全体が黒く焦げていた。持ち主はウィンスラプ・ホウグという人物らしく、彼の手記が中に入っていた。

　ボストン在住の私（ホウグ）は、行方不明になった従兄ジャリド・フラーの財産を相続し、アーカム北部のディープウッドにある彼の屋敷に移住することにした。少々不便はあるが住み心地のよい屋敷に落ち着いたが、従兄の蔵書はオカルトに関わる古びたものばかりで、私はあまり興味が持てなかった。しかし、その中に従兄の日記を見つけ、目を通すことにした。

　ミスカトニック大学の民俗学者ウィルマースと親交のあったらしいジャリドは、近隣で高空から落ちてきたような変死体を発見し、それを機に彼の知恵を借りて、何らかの調査をしていたらしい。私はその記述をたよりに森に踏み込み、ヒキガエルじみた無気味なものを刻んだ石碑を見つける。あれがジャリドの言う〈ツァトゥグア〉なのだろうか。私は夜ごとに石碑のそばで詠唱が響くのを耳にし、石碑周辺に遺された巨大な足跡を見る。

　文書を整理するうちに、近隣のビリントンでもかつて同様の事件があったと知り、私はこの屋敷から立ち去ろうと決める。だが、それを阻もうとするかのように、夜空にアルゴル星が昇った。

ポイント

・ラヴクラフト＆ダーレス「暗黒の儀式」、自作「墳墓の主」との関連づけ。
・魔道書が複数登場。ツァトゥグアの存在。ウィルマースへの言及。

スティーヴン・キング (アメリカ 1947-)
Stephen King

〔屋根裏のラヴクラフト〕

　スティーヴン・キングは、1974年の長編『キャリー』以来、現在にいたるまでホラー小説の第一人者として注目され続けています。ホラー・ファンでなくても、キングの小説を愛読する人は、大勢いることでしょう。

　キングはメイン州バンゴアに生まれました。船員だった父は、スティーヴンが2歳のときに、ふらりと家を出たまま行方不明となりました。が、そんな父がガレージの屋根裏に遺していった大量のペーパーバックが、少年時代のキングに大きな影響を与えます。その中にはホラーが数多くあり、キングはロング「ティンダロスの猟犬」やビショップ「イグの呪い」、さらにラヴクラフトの「壁のなかの鼠」や「ピックマンのモデル」などに熱中します。

　ラヴクラフトへのキングの傾倒ぶりは大きく、長編エッセイ『死の舞踏』(1981)では「20世紀の誇るホラー小説界の闇の貴公子」と呼び、自分がラヴクラフト・サークルの作家たちと同じ道を歩んでいることを認めています。さらに、ラヴクラフトの「揺るがぬまなざし」が時を超えて自分を「追いかけてくるような気がする」とさえ語っています。

〔「キング・オブ・ホラー」への道〕

　キングはコミックブックや映画でもホラーに没頭し、11歳の頃にはもう、タイプライターを叩いて雑誌に投稿するようになりました。

　大学時代には、学内新聞にコラムを連載しつつ創作活動も続け、授業の課題のためにクトゥルフ神話短編「呪われた村〈ジェルサレムズ・ロット〉」を書いた、と言っています。教員免許を取得したものの、卒業しても就職先がなく、

キングはクリーニング店で働きながら、短編小説を雑誌に投稿し続けました。

1973年、一度は投げ出したものの、妻タビサの励ましで完成させた長編小説『キャリー』が高額の契約のもと出版されることになり、キングは創作に専念できるようになりました。それ以降、『呪われた町』(1975)、『シャイニング』(1977)から『ＩＴ』(1986)、『グリーン・マイル』(1996)を経て『アンダー・ザ・ドーム』(2009)に至るまで、傑作を書き続けています。

〔ラヴクラフトのまなざしのもとで〕

キングは、自らラヴクラフトの「まなざし」を感じると語るだけに、クトゥルフ神話やそれに近い作品は数多く書いています。魔道書が登場する「キャンパスの悪夢」(1976)、邪神の名が詠唱される「おばあちゃん」(1984)『ドラゴンの眼』(1987)、異次元の恐怖を描く「霧」(1980)「ランゴリアーズ」(1990)、現実の向こう側に存在する大いなる恐怖に立ち向かう『悪霊の島』(2008)……これらの作品からは、キングがベストセラー作家になっても忘れることのない、ラヴクラフトへの敬意が感じられます。(U)

〈メモ〉

・『死の舞踏』でキングは、この百年の間に発表された怪奇小説の傑作として、シャーリー・ジャクスン『山荘綺談』(別題『たたり』『丘の屋敷』)とヘンリー・ジェイムズ『ねじの回転』を挙げ、さらにマッケン「パンの大神」とラヴクラフト「狂気の山脈にて」を加えている。

・キングは架空の町キャッスル・ロックを好んで舞台にし、また作品相互に関連付けをすることが多い。ラヴクラフトのアーカムと共通する。

・作家ジョー・ヒルはキングの長男で、彼もまたクトゥルフ神話中編「自発的入院」(2005)を書いている。

呪われた村〈ジェルサレムズ・ロット〉Jerusalem's Lot（1978）

扶桑社ミステリー『深夜勤務』所収

　1850年10月、文筆家チャールズ・ブーンは、親族が所有していたメイン州チャペルウェイトの屋敷に移住した。だが、近隣の村人たちは、なぜかこの屋敷を避ける。チャールズの祖父ロバートの代から清掃に通っているクロリス夫人は、ここを「縁起の悪いお邸」といい、不吉なことを口走る。

　チャールズの従者カルヴィンは、2階の書斎の壁が無気味な音をたてるのを耳にし、音のしたあたりの壁から古い地図を見つける。周辺の住民が怖れる廃村、ジェルサレムズ・ロットを示すもののようだ。ふたりで探索に行くと、その村は無人で、外から誰も踏み込んだ様子がない。さらに教会には黒魔術の儀式が行われた様子があり、ラテン語を直訳すれば『うじ虫の神秘』と読める古びた本が、説教壇に開かれたまま置かれていた。

　カルヴィンは、ロバートが暗号で書いた日記の解読方法を見つけた。そこには、彼の祖父ジェイムズが邪悪な教えで支配した者たちを集め、セイラムズ・ロットという村を作ったことや、弟フィリップがジェイムズに感化され、彼の命じるままに禁断の書『妖蛆の秘密』を手に入れる経緯が書かれていた。

　周囲の村に不吉なことが起きはじめた。ヨタカが墓地に群れをなし、作物は枯れ、巨大な足跡がうがたれる。原因がセイラムズ・ロットにある、と読んだチャールズは、呪いを断つため再び教会に向かう。説教壇の魔道書を燃やすと、礼拝堂の床が爆発し、巨大な蛆虫の一部がかいま見えた。そして、這い上がり赤く光る目で憎々しく彼を見据えるのは、体だけは死んで朽ち果てた、曾々祖父ジェイムズだった。

ポイント

・魔道書『妖蛆の秘密』、「ヨグ・ソグ・ゴス」の呪文。

クラウチ・エンド（クラウチ・エンドの怪）Crouch End (1980)
新6→改稿、文春文庫『メープル・ストリートの家』所収

　ロンドン郊外のクラウチ・エンド警察署。恐慌していたアメリカ人女性は、午前2時になって、看護婦に付き添われてようやく帰った。古参の巡査ヴェターは、若い同僚に話しはじめる。「未処理の事件簿に目を通してみるといい。このあたりはほかの世界との境目が薄くなっているんだ」
　アメリカ女性ドリス・フリーマンが駆け込んできたのは10時15分ごろだった。家族旅行の途中、夫ロニイが行方不明になったという。友人に会いにクラウチ・エンドを訪れたのだが、ロニイは相手の住所を忘れ、タクシーには乗車拒否をされ、ようやくつかまえたタクシーは、クラウチ・エンドで降りるやいなや、料金を受け取りもせずに走り去ってしまった。
　顔が半分なくなるほどの大怪我をしている猫、地下での大事故を知らせる新聞の見出し……不安を誘うものばかり目にするうち、ロニイが煙を上げる触手に襲われ、ふたりは必死に逃げる。だが、早すぎる日没のなか、ドリスはひとりになってしまう。「アルハザード」「ナイアラホテップ」など、意味のわからない看板が並ぶ通りで途方にくれる彼女の前に、無気味な子供が声をかける。「あのひとは、千の子を連れた山羊のところにいったんだよ」そして、笛の音のような詠唱をはじめると、町の風景は一変した！
　ロニイ・フリーマンが見つかることはなかった。ドリスはアメリカに帰り治療を受けるが、回復するまでの間、「千の子を連れた山羊」と何度も繰り返し書いていた。

ポイント
・ほかの世界と境目が薄くなっている町。
・シュブ＝ニグラスの存在。

N N.（2008） 文春文庫『夜がはじまるとき』所収

〈1　手紙〉
　2008年5月28日付の、シーラ・ルクレアが兄の旧友、ＴＶリポーターのチャーリーに宛てた手紙。兄の精神科医ジョニー・ボンサントは不慮の事故で死亡したが、シーラは自殺だと思っている。遺品の中に、表紙に「燃やすこと」と大きく書かれた手記が見つかった。兄の死と関連がありそうなので、チャーリーに読んでもらえるよう、彼女はそれを送っている。

〈2　診療記録〉
　2007年6月1日からの、ボンサント医師の診療記録。患者は仮名「Ｎ」、40代男性で、職業は会計士。ＯＣＤ（強迫性障害）からくるものか、不安を感じ続けている。最初のセッションでは突然「忌まわしい空地の忌まわしい岩」とつぶやき、マッケンの「パンの大神」を読んだかたずねた。2回目のセッションで、自分に不安を与えているのはメイン州のアッカーマンズ・フィールドという空地だと語る。そこはボンサント医師の故郷でもあった。

〈3　Ｎの話〉
　風景写真が趣味のＮは、一年前にアッカーマンズ・フィールドに撮影に行き、古い列石を見つけた。7つあり、表面に獣じみた顔が見えるが、カメラのファインダー越しだと石は8つになり、顔は消える。撮影しようとすると、突然カメラが故障した。狩猟シーズンになり、もう一度足を向けることはなかったが、それ以来、悪夢に悩まされるようになる。
　今年の5月、列石から「くとぅん」なる怪物が蘇る悪夢を見たＮは不安に駆られ、再び列石に行った。石は肉眼で見ても8つあった。彼は石にふれて終日を過ごし、それ以来、日をおかずアッカーマンズ・フィールドに行くようになる。自分が見ていれば、「くとぅん」が出てくることはない、と思いながら。

〈4　ドクター・ボンサントの手記（断片）〉

　7月5日、Nが自殺した。彼の話は現実か妄想か確認したくなり、ボンサントはアッカーマンズ・フィールドに行く。8つの列石のそばに、Nが彼に宛てた封筒があり、中には鍵が入っていた。ボンサントが振り向くと、石は一瞬、8つに見えた。

　石を8つに保っていないと、向こう側から悪意に満ちた神々「くとぅん」が来ると知ったボンサントは、NとそっくりなOCDの症状に悩まされながら、列石を見張るようになる。だが、2008年5月4日、自ら命を絶つことで扉が閉ざされると書き遺し、ベイル・ロード橋から飛び降りる。

〈5　二通目の手紙〉

　シーラからチャーリーへの手紙。兄の手記にあったNの鍵を手に入れた、アッカーマンズ・フィールドに行ったが何もないから絶対に来ないように、手記も読まないように、という内容。

〈6　新聞記事〉

　2008年7月1日、シーラ・ルクレアはベイル・ロード橋から飛び降り自殺した。兄の後を追ったと思われる。

〈7　メール〉

　チャーリーがマネージャーへ宛てたメール。幼なじみの兄妹が続けて同じ場所で自殺したことと、その妹が送ってきた原稿の内容から、この事件を調べるので、来週の仕事はすべてキャンセルしてほしい、と書かれている。

ポイント

・マッケン「パンの大神」に触発された中編。「現実は薄っぺらであって、その先にある真の現実は怪物が跳梁跋扈する無限の迷宮にほかならない、というテーマ」（白石朗訳）は、まさにクトゥルフ神話のテーマでもある。

F・ポール・ウィルスン（アメリカ 1946-）
F.Paul Wilson

　F・ポール・ウィルスンは、1970年代にＳＦでデビューした、医師兼業の作家です。1981年に『ザ・キープ』がベストセラーになり、1983年には映画化されました。

　それ以降、『ザ・キープ』を第一作とする伝奇ホラー6部作〈アドヴァーサリ・サイクル〉や、その第2部『マンハッタンの戦慄』(1984)から枝分かれして始まった〈始末屋ジャック〉シリーズ、専門知識を生かした医学サスペンスなどで、アメリカはもちろん世界各地で多くのファンを得ています。

　ウィルスンは少年時代に、1冊のアンソロジーでクラーク・アシュトン・スミスやドナルド・ワンドレイ、ロバート・Ｅ・ハワードやロバート・ブロックといった、ラヴクラフト・サークルの作家の作品を読んで、ホラーに強く惹かれました。さらに、同じアンソロジーに収録されていたラヴクラフトの「戸口にあらわれたもの」を読んで、自分の現実感が霞んでしまうほどの強い印象を受けました。それ以来、自分を「中毒患者」と呼ぶほどに、ホラーを愛読するようになりました。作家となってから書くものには、クトゥルフ神話作品は多くはないものの、あちこちにラヴクラフトの影響が見受けられます。

　また、ウィルスンはアーカム・ハウスの本の熱心なコレクターとしても知られています。（U）

ザ・キープ(城塞) The Keep (1981) 　　　角川文庫→扶桑社ミステリー

　1941年4月、ルーマニア。ドイツ軍の一部隊が、トランシルヴァニア山中の小さな城塞に到着した。断崖と峡谷に挟まれた天然の要害であることを利点と見たヴォーマン大尉は、ここを駐屯地と定めた。だが「ここにいてはいけない」という、城塞を管理する村人の警告を裏付けるように、ある者は首を引きぬかれ、ある者は誰も出入りできない部屋の中で喉を切り裂かれと、夜ごとに兵士たちが一人ひとり、とても信じられないようなやり方で殺されていく。そして、殺された者の遺した血があまりに少ないことは、誰もが気づいていた。この地に昔から伝わる吸血鬼の仕業なのか？

　大尉の報告を受け、ベルリンから親衛隊少佐のケンプファーが部下たちを引き連れて来る。連続殺人事件は反独活動組織によるものと少佐は決めつけ、村の男たちを城塞に監禁し、取り調べと称して虐殺することで、形だけ解決したことにしようとする。ナチスに盲従できない大尉は、少佐に抗して村人たちを解放すると、この城塞について知識をもつ者を探し出し、協力させることにした。

　ユダヤ人であることを理由に大学を追われた歴史学者テオドール・クーザは、持病も重くなり、今は娘マグダとふたり、ブカレストで静かに暮らしていた。だがヴォーマン大尉の命令で、マグダとともに城塞に連れて来られる。

　城塞でまずクーザが見たのは、山なす古書だった。マグダが一冊を手に取ると、その題名は『エイボンの書』だった。驚愕する父娘は、恐るべき魔道書をほかにも見つける。『妖蛆の秘密』、『屍食経典儀』、『ナコト写本』、『サンの謎の七書』……ドイツ語で書かれているからと『無名祭祀書』を手にした大尉の顔は青ざめ、そそくさと本を閉じた。クーザはさらに、忌まわしい『アル・アジフ』さえ見つけてしまう。だが、それでも吸血鬼は伝説にすぎないと、その

存在を否定した。

調査のために城塞に一室をあてがわれる父娘だが、野獣のような兵士たちは隙を見てマグダに狼藉をはたらこうとする。見かねた大尉は、村の宿に彼女だけを帰し、日中だけ父の世話をしに城塞に通わせることにした。マグダは宿で、赤毛で青い目をした奇妙な男に出会う。グレンと名乗るその男もまた、城塞に深い関心をもっているようだった。

夜、城塞のクーザの前に、串刺し公ヴラドの忠臣であったというモラサール子爵が現れる。子爵は城塞の地下に潜み、兵士たちの血を吸って復活しはじめていた。本心では吸血鬼の存在を信じていたクーザは、ナチスのユダヤ人虐殺を子爵に話した。怒った子爵はヒトラーを殺すと宣言する。クーザは彼が力を取り戻すことに協力し、その代償として病気を治してもらった。

苦痛なく自分の脚で村まで来た父に、マグダは驚く。クーザの話を聞いたグレンの懸念そのままに、村では些細なきっかけで殺傷沙汰が相次ぎ、城塞でも兵士たちが殺しあい、死んだ兵士も起き上がって生きている者を殺しはじめた。

グレンはマグダに自分が何ものであるかを話す。彼の本名はグレーケンといい、人類史以前から戦い続けている"闇"と"光"の、光の側の戦士として、苦痛と恐怖を糧にするモラサール＝ラサロムら、闇の力を滅ぼす役目を負っているというのだ。グレーケンは城塞に乗り込み、マグダは後を追う。クーザはモラサールの正体を知り、娘に詫びながら息を引き取る。グレーケンとラサロムは城塞の屋上で組討ち、ともに断崖を落ちていった。

ポイント

・吸血鬼伝説の背景にクトゥルフ神話的な世界観を導入。オーガスト・ダーレスの「旧支配者対旧神」と共通するものをもつ設定は、本作に始まる〈アドヴァーサリ・サイクル〉を一貫している。

荒地 The Barrens（1990） 　　　創元推理文庫『ラヴクラフトの遺産』所収

　8月、会計士のキャサリン・マッケルストンは、大学時代の恋人ジョナサン・クレイトンから久しぶりの連絡を受ける。今はミスカトニック大学に在籍する彼は、学生の頃に専攻した人類学の研究を再開し、悪魔〈ジャージー・デビル〉の伝承について本を書いているという。悪魔伝承が遺るニュージャージー州の荒地〈パイン・バレンズ〉の出身であるキャサリンに、彼は調査の協力を頼む。
　調査はキャサリンの遠縁のジャスパーからはじまったが、クレイトンの関心はジャージー・デビルよりも、パイン・ライツ——松林にゆらぐ原因不明の光に向かっているようだった。ジャスパーの友人ガスの案内で、ふたりはパイン・ライツの出るところに行く。夜に冷たい奇妙な光が現れ、それを体に受け止めたクレイトンは、火傷のような症状を受ける。さらに帰り道がわからなくなり、野宿しているところに、近くのレイザーバック・ヒルに住むという若者たちがやってきた。みな体のどこかが形を変え、人間ばなれした風貌になっていた。彼らの案内で踏み込んだ、木々が石化しているほかは何もない砂地が、クレイトンの目的地のようだった。
　火傷を悪化させたままクレイトンは失踪し、借りていた部屋からはミスカトニック大学から盗まれたという『罪の書』と、「レイザーバック・ヒルは〈接合地点〉である」、と書いた謎めいた原稿が見つかった。クレイトンはあの砂地に行った、とキャサリンは直感した。秋分の日の夜、石化木の立ち並ぶ砂地全体が冷たく光り、その中で異形のものと化していくクレイトンを、キャサリンは目撃する。

ポイント

　ウィルスン曰く、「日常を侵食する異なる世界観」を「ラヴクラフトの形態の真髄をとらえて」書いた、彼自身の〈コズミック・ホラー〉実作例とのこと。

T・E・D・クライン（アメリカ、1947－）
T.E.D.Klein

　T・E・D・クラインの名を省略なしに書くと、シオドア・"エイボン"・ドナルド・クラインとなるそうです。引用符記号の中のエイボンは、もちろん、クラーク・アシュトン・スミスが創造した魔道士エイボンから来ています。なお、通称は、イニシャルを続けて読んだ「テッド」なのだとか。

　プロヴィデンスのブラウン大学に学び、所縁の作家ラヴクラフトに傾倒したクラインは、高校教師、映画会社勤務を経て、ラヴクラフトと同じホラー作家になりました。1972年のデビュー作「ポーロス農場の変事」以来、40年あまりの間に発表した作品は、長編は『復活の儀式』（1984）のみ、短編は12作と、きわめて寡作です。しかし、そのすべてが非常に高く評価されています。

　どの作品も、派手な書き方はされていないのですが、構成は計算が行き届き、伏線は細密で、読みだしたら止めることのできない迫力に満ちています。モダン・ホラーの時代にデビューした作家ですが、その作風はアーサー・マッケンやラヴクラフトの直系と言ってもいいでしょう。実際、『復活の儀式』には、マッケンの著作が重要な役割をもって登場します。（本書では、本来ならば『復活の儀式』を紹介するところですが、要約すると同作の味わいが消えてしまうので、原型となった「ポーロス農園の変事」に代えさせていただきました。）

　なお、クラインは1980年代に、《ロッド・サーリングズ・トワイライトゾーン・マガジン》の編集長を務めています。また、ダリオ・アルジェント監督の映画『トラウマ／鮮血の叫び』（1992）の脚本に参加しました。

　1995年に、クラインの第二長編Nighttownが出版される予定でした。が、出版が延期されたまま、20年近くたとうとしています。この幻の長編が、本当に幻にならないことを、今は祈るばかりです。（U）

ポーロス農場の変事 The Event at Poroth Farm (1972)

青心社文庫『ラヴクラフトの世界』所収

　ゴシック文学を研究する大学講師ジェラミイは、静かな環境を求めて田舎町の農場に仮住まいをすることにした。家主であるサーとデボラのポーロス夫妻のもてなしは快適で、虫が多いことやポーロス家の猫たちへのアレルギーが気にならなくもないが、ジェラミイは研究に打ち込む。

　だが、ある日、飼い猫のうち最古参のブワダが死んでいるのを、ジェラミイは見つける。腹に穴が開いているが、それは中にいた何かが体を食い破って這い出したようだった。だが、その日のうちにブワダは生きた姿で帰ってくる。

　ブワダはこれまでにしなかったことをしはじめた。子猫を嚙み殺し、ニワトリを襲い、ジェラミイさえ狙うようになる。そして、とうとう眠っているデボラの喉を嚙んで重傷を負わせ、彼女に殺された。だが、それから二週間後、惨劇が起きた。夫妻とも出てこないのを気にしてジェラミイが家に入ると、死んだデボラを前にサーが立っていた。デボラはパン切り用のナイフで自分を殺そうとしたので、殺さざるを得なかった、とサーは言うが、そのナイフは彼の背中に深々と突き刺さっていたのだ。

　ブワダからデボラへと移っていった何かが、サーの体を操って追ってくる。ジェラミイは懸命に逃げ、町で警察に保護を求めた。だが、痴情のもつれから来た殺人と見なされ、身柄を拘束される。彼は自分が、何かが復活するのに知らずに手を貸してしまったことに気づく。

ポイント

　長編『復活の儀式』の原型短編。同作では、図書館の助手でジェラミイの恋人となるキャロルや、謎めいた老人ローズボトムを登場人物に加え、ニューヨークがもうひとつの舞台となる。また、『復活の儀式』にはドールが登場する。

王国の子ら Children of the Kingdom（1980）

ハヤカワ文庫ＮＶ『闇の展覧会－罠』所収

　1977年6月、ニューヨークの大学で宗教史を研究する私は、祖父ハーマンを病後の療養のため、老人ホームに入居させた。祖父は新しい友達をつくり、その中にコスタリカ系のピスタチオ神父もいた。

　神父は、聖書の正典にはない『トマスの福音書』の研究をしていた。トマスによると、人類の起源はコスタリカにあり、人類以前に存在していた侵略者に迫害され、世界各地にちらばっていったのだという。神は侵略者の女たちを不妊に、男たちを不能にしたが、それでも蛮行はやまなかったので、神は彼らの目を奪って地下に閉じ込めた――神父が書いた『トマスの福音書』の解説書には、侵略者の「籠手(こて)」として水かきのような形が、「かぶと」として円形の口に鋭い牙が並んだ、目のない顔が描かれていた。

　7月、老人ホーム周辺で下水道のトラブルが相次ぎ、「籠手」の形が書き遺される。円形の口の奇妙な仮面をかぶった裸の白人男たちが女性を暴行しようとし、ホームの入居者も被害を受ける。さらに13日の夜、ニューヨークに大停電が発生した。私は、ホームの地下室から突然飛び出してきた男たちの、水かきのある手足に突き飛ばされ、踏みつけられる。祖父の無事は確認したが、落ち着く間もなく妻カレンが電話で助けを求めてきた。自宅で何ものかに暴行を受けたのだ。その後、早すぎる妊娠に不安を覚え、カレンは中絶をしたが、胎児がどんな姿をしていたか、医師は決して語らなかった。

　停電の夜にピスタチオ神父は行方不明になった。だが、私は今もときどき、地下に通じるところで彼の視線を感じることがある。

● ポイント

・『トマスの福音書』、"侵略者" など、独自の神話世界の設定。

角笛をもつ影 Black Man with a Horn（1980）　　　新7

　かつてはラヴクラフトと親交の深かった怪奇小説作家の私は、帰米の機内で偶然、妹モードの友人であるモーティマー牧師と会う。マレーシアでの赴任を終えフロリダに帰るという師は、何かに不安を覚えているようだった。空港の書店にあったジャズのレコードジャケットの、サキソフォンをかまえた黒い影を見て、小さく、だがたしかに悲鳴を上げたのだ。

　ニューヨークに戻った私は、姪の息子を博物館に連れていくが、そこでマレーシアの織物を見る。チョー＝チョー族の手になるもので、角笛を吹く黒い〈死の使い〉が描かれていた。ひと月後、モーティマー師が行方不明になったという知らせが届く。不審なのは、同じホテルに宿泊していたマレーシア人も、連れていた「裸の黒い子供」とともにいなくなったことと、モーティマー師の部屋から肺の組織片が見つかったことだった。

　モードからは、師とともに食事に行った店のウェイターが失踪した、という知らせが届く。ウェイターの死体は、喉から肺が引き出されているという無残なありさまで、遠い海岸に打ち上げられた。私はマレーシアの民間伝承について調べ、角笛を口にした黒い影のように描かれる〈死の使い〉はシュゴーランと呼ばれ、その笛は吹くのではなく「吸い取る」ためにもっているのだと知る。

　モードが急死し、葬儀のためフロリダに行った私は、ニューヨークに帰る気になれなくなっていた。妹もまた、角笛をもつ影と遭遇したのではないか。まもなく「ダイビングのマスクをつけた黒人の大男」が隣家に侵入しようとする事件が起きる。私は旧友ハワードにたずねる。次は私の番なのか？

ポイント

・シュゴーラン：ニャルラトテップの化身の一とされる。

ＳＦ作家とクトゥルフ神話　―こんな作家も書いている―

　クトゥルフ神話の世界観は、ラヴクラフト以前のホラーにはなかったもので、ＳＦ的な幻視を恐怖にまで高めた、ということができるでしょう。それだけに、ラヴクラフトの同時代から現在にいたるまで、多くのＳＦ作家がクトゥルフ神話作品や、神話に触発された作品、ラヴクラフトへのオマージュを手がけています。それを紹介するだけでも本が一冊書けてしまうので、ここではラヴクラフトに縁が深い作家を中心に、簡単にご紹介することにしましょう。

ヘンリー・カットナー　Henry Kuttner（アメリカ　1915－1958）

　1934年、《ウィアード・テイルズ》の読者欄に、その頃のラヴクラフトの作品がホラーでなくＳＦであると批判する、カットナーの投書が掲載されています。が、その彼は1936年、ラヴクラフト風のホラー「墓地の鼠」でデビューし、晩年のラヴクラフトと文通しました。初期はホラーやヒロイック・ファンタジーを得意としていましたが、次第にＳＦへと活躍の場を移し、多くのペンネームを使って多作しました。妻はファンタジー作家Ｃ・Ｌ・ムーアで、夫婦合作の作品もあります。著書に短編集『世界はぼくのもの』、Ａ・Ｋ・バーンズ名義の『惑星間の狩人』などがあります。

　カットナーのクトゥルフ神話作品のうち、注目したいのは、「セイレムの恐怖」（1937）「暗黒の口づけ」（ロバート・ブロックと合作　1939）に登場するオカルティスト、マイケル・リーでしょう。長身痩躯に鋭い目を持ち、魔道書から得た知識で怪物と闘う彼は、ラバン・シュリュズベリイ博士やタイタス・クロウに先駆ける、クトゥルフ神話世界のオカルト探偵と言えます。なお、カットナーは「セイレムの恐怖」を書くにあたり、セイレムの地理について、ラヴクラフトの協力を得ました。

ジョン・W・キャンベル・ジュニア John W.Campbell Jr.（アメリカ　1910-1971）

　キャンベルはＳＦ作家でしたが、1938年に雑誌《アスタウンディング・サイエンス・フィクション》の編集長に就任した後は、編集者としての仕事に専念しました。代表作に『月は地獄だ！』『暗黒星通過！』などがあります。彼はラヴクラフトが死去して一年後の1938年に、「狂気の山脈にて」と同じ南極を舞台に、太古に飛来した異星生物と探検隊員の戦いを描く「影が行く」（別題「遊星からの物体Ⅹ」）を発表しています。

ロバート・シルヴァーバーグ Robert Silverberg（アメリカ　1935-　）

　『時間線を遡って』や『夜の翼』など、シリアスな作風のＳＦで知られるシルヴァーバーグですが、1954年のデビュー以来10年あまりは、その多作さを「小説工場」と呼ばれたほどでした。その時期のクトゥルフ神話作品、「クトゥルーの眷属」（1959）が邦訳されています。

　その後も、ロジャー・ゼラズニイ「北斎の富嶽二十四景」（1985）、チャールズ・ストロス「コールダー・ウォー」（2000）、チャイナ・ミーヴィル「細部に宿るもの」（2002）、エリザベス・ベア「ショゴス開花」（2008）など、ＳＦ作家の神話作品は、絶えず発表されています。

　また、オマージュだけでなく、パロディもあります。『2001年宇宙の旅』『宇宙のランデヴー』などで有名なアーサー・Ｃ・クラークが、若い頃にラヴクラフトのパロディを書いていたことは、日本では最近になるまであまり知られてはいませんでした。その短編「陰気な山脈にて」（1940）は、ユーモア作家スティーヴン・リーコックのタッチで「狂気の山脈にて」を再話し、南極探検隊をショゴスが熱いコーヒーでもてなします。ドナルド・A・ウォルハイム「ク・リトル・リトルの恐怖」（1969）、ラリー・ニーヴン「最後のネクロノミコン」（1971）と並ぶ、クトゥルフ神話パロディの傑作といえるでしょう。（Ｕ）

セイレムの恐怖（セイレムの怪異） ヘンリー・カットナー
The Salem Horror（1937） ク7、新3

　いまだ魔女伝説が語りつがれるセイレム。小説家カーソンは、ポーランド人街の一角にある古い屋敷に居をかまえた。近隣の迷信深い住民たちは、かつて魔女アビゲイル・プリンがここに住んだと、不吉な噂をささやいていた。

　ある日カーソンは、屋敷に地下室を見つける。それは円形の部屋で、幾何学的なモザイク模様が床に施され、その中心には鉄板がはめこまれていた。

　好奇心に駆られた人々が、魔女の家の地下室に殺到するのを追い返すうち、カーソンの前に現れたのは、オカルティスト、マイケル・リーだった。地下室は危険だと言い、屋敷から離れるよう頼む彼だが、カーソンは地下室を仕事場に移して快適に執筆しているので、その言葉に応じる気はない。だが、その夜、チャーター街の墓地でアビゲイル・プリンの墓が暴かれるという事件が起きる。

　翌日、リーは再び屋敷を訪れ、アビゲイルは太古の邪神を崇拝していたとカーソンに語る。彼女が崇めていた〈闇に棲むもの〉ニョグサが、地下室のさらに下に今も潜んでいるのではないか。カーソンは一笑に付すが、近隣の住民は、魔女の屋敷の中を怪物がうろついているのを、窓越しに見ていた。

　その夜、午前2時。地下室でカーソンが頭痛を堪えていると、壁の仕掛け扉が開いて、ミイラが侵入してきた。それが部屋の中央で呪文を唱えると、鉄板が浮き上がり、隙間から黒い触手が這い出してくる。身動きがとれないままカーソンが見ていると、そこに飛び込んできたのはマイケル・リーだった。彼はニョグサ退散の呪文を唱え、触手の怪物を撃退する。（U）

ポイント
・オカルト探偵マイケル・リー登場。
・クトゥルフ神話の邪神とセイラムの魔女狩りを関連付ける。

影が行く（遊星からの物体X） ジョン・W・キャンベルJr.
Who Goes There?（1938）

創元SF文庫『影が行く』、扶桑社ミステリー『クトゥルフ神話への招待 遊星からの物体X』他所収

　南極調査基地で、原因不明の強力な磁力が探知された。探検隊は発生源を探し、二千万年前に氷に埋もれたと思われるものを発見した。全長が80メートルを超える宇宙船と、その乗員だったと思われる未知の生物だ。目が3つあり、触手をもつその生物を、一行は基地に持ち帰った。

　生物学者ブレアは、ほかの隊員の反対を受けながら、この異生物を解凍して調べることを提案する。彼の主張は通るが、夜の間にそれは姿を消す。朝、隊員たちは橇犬(そりいぬ)たちに咬み裂かれた怪物の残骸を見たが、解凍している間とはまったく違う、攻撃に適した姿に変形していた。

　ブレアは、怪物が断片だけでも生きることができ、また別の生物の細胞を模倣し、変身する能力ももつことをつきとめる。人間にも同化し、増殖していくかもしれない。ほかの隊員が怪物化した、と疑いだすブレアは隔離され、コッパー医師は免疫テストで人間と怪物を見分けようとした。だが、怪物の細胞はすでに人間を模倣していた。血液を提供した医師とギャリー隊長のいずれかが、怪物かもしれない。一同は疑心暗鬼に陥った。

　ギャリーから指揮を引き継いだ副隊長マクレディは、機械技師バークレイと、怪物化した隊員を電撃器で倒しながら、怪物の本体を追い詰める。（U）

ポイント
・1938年、ラヴクラフト死去の翌年に発表された。
・舞台が南極であり、怪物の特性などにもクトゥルフ神話的な要素が見られる。
・映画化『遊星よりの物体X』（1951）、『遊星からの物体X』（1982）。

クトゥルーの眷属 ロバート・シルヴァーバーグ
Demons of Cthulhu（1959） ク10

　ミスカトニック大学付属図書館で働く若者マーティは、上司の大学院生ヴォーリスから秘密の小遣い稼ぎを持ちかけられる。持ち出しを禁止されている特別な書庫の本を、家に持ち帰って読む手助けをしてほしいというのだ。

　閉館後、書庫に侵入したヴォーリスが窓から麻紐で下ろしたその本を、下で受け取ったマーティはしかし待ち合わせの場所に運ぶことなく、自宅へと持ち帰る。欲をかいた彼は、貴重な本なら約束よりももっと高値で処分することができると思い、中身を確かめようと考えたのだ。

　その本『ネクロノミコン』は妖術や、〈旧支配者〉と呼ばれる存在について書かれていた。その中で比較的簡単に召喚でき、使役者に世界の富をもたらすというナラトースの記述に目をとめたマーティは、事態を察知してやってきたヴォーリスも追い返し、召喚の儀式を準備する。そして、ついにナラトースの召喚に成功した。

　全身が白い鱗で覆われ、膨れ上がった頭に3つの単眼を有するナラトースは、豪華な食事やセクシーな踊り子といったあまりに卑俗なマーティの望みを、不満たらたらながらかなえていく。だが、ナラトースは常に召喚者の支配から逃れ、主たる旧支配者たちを解放することを考えているのだ──。（S）

ポイント
・旧支配者の下僕ナラトース。
・『ネクロノミコン』の呪文。
・ミスカトニック大学付属図書館のアルバイト。

INTERLUDE　クトゥルフ神話と映像
朱鷺田祐介

■クトゥルフ神話と映像

　クトゥルフ神話作品には、ホラー映画の世界にも多くのファンがおり、何度も映画化されてきました。

　ラヴクラフト作品が初めて映像化されたのは、「チャールズ・ウォードの奇怪な事件」を原作とするロジャー・コーマン監督の『怪談呪いの霊魂』(1963)ですが、この時には配給会社の都合で、原作はエドガー・アラン・ポオの「幽霊宮」とされました。その後、ダニエル・ハラー監督の『襲い狂う呪い』(1965)がラヴクラフトの「宇宙からの色」(別題「異次元の色彩」)を原作としました。

　これ以前の映像作品では、ウィリアム・アランド制作の『大アマゾンの半魚人』(1954)が「インスマウスの影」の影響下にあるとされています。また、1951年にハワード・ホークス制作で『遊星よりの物体X』として映画化されたジョン・W・キャンベルJr.の「影が行く」は、ラヴクラフトの「狂気の山脈にて」に触発されて書かれた作品で、クトゥルフ神話としての再評価が進んでいます。

　スチュアート・ゴードンとブライアン・ユズナのコンビはラヴクラフトのファンで、何度も映画化を行っています。1985年の『ゾンバイオ／死霊のしたたり』はラヴクラフトの「死体蘇生者ハーバート・ウエスト」で、続編も作成されました。2001年の『ダゴン』は「インスマウスの影」が原作で、舞台をスペインのインボッカに移していますが、原作の雰囲気をかなり再現しています。

　ＳＦホラーの傑作、リドリー・スコット監督の『エイリアン』(1979) は、

ラヴクラフト好きのダン・オバノンが宇宙的な恐怖の要素を組み込みたいと考えた結果、画集『ネクロノミコン』を描いたH・R・ギーガーをデザインに組み込み、独自の雰囲気を出しました。神話用語は出てきませんし、原作もありませんが、強い影響下にあると言ってよいでしょう。2012年に、リドリー・スコットが関連する作品『プロメテウス』を製作したさいには、神話的な要素が強まり、人類創世の謎に迫ることになります。その結果、ギレルモ・デル・トロ監督が映画化を企画していたラヴクラフトの「狂気の山脈にて」がストーリー上の類似から延期されることになったのは、皮肉な話と言えます。

近年では、アマチュア、もしくはスモール・フィルム・メーカーによるラヴクラフト作品の映像化が増え、H・P・ラヴクラフト・フィルム・フェスティバルへ多くの作品が集まるほか、YouTubeなどの画像投稿サイトでどんどん公開されるようになっています。

■日本における映像化

日本人による本格的な神話作品の映像化はまだまだ多くはありませんが、神話要素を含む作品はいくつも見受けられます。

1992年、奈須田淳監督、小中千昭脚本、佐野史郎主演により、ラヴクラフトの「インスマウスの影」が本格的なTVムービー『インスマスを覆う影』に仕上げられ、TV番組「ギミア・ぶれいく」で放映されました。部隊を日本に置き換え、登場する地名も蔭洲升（インスマス）、赤牟（アーカム）、壇宇市（ダンウィッチ）、王港（キングズポート）などと読み替えていますが、辺境ホラーとしてかなりの完成度と高い原作再現度を達成しています。

小中千昭はこの後、アニメ『デジモン・アドベンチャー』でダゴモンを、特撮番組『ウルトラマンティガ』の最終話および劇場版の敵として、ルルイエから復活する邪神ガタノゾーアを登場させ、映像界のクトゥルフ好きとして知ら

れることになります。また、主演の佐野史郎も「好きな邪神はウボ＝サスラ」と答えるほどのクトゥルフ好きで、神話小説を書いています。

　また、深夜のＴＶシリーズで実写化された山本弘の怪獣ＳＦシリーズ『ＭＭ９』は、怪獣の存在を神話宇宙という形で表現しており、最終話では、九頭竜が登場しますが、これは「クトリュー」を引っ掛けたものです。

　アニメ関係では、ＯＶＡの『戦え‼　イクサー１』（1985 - 1987）の敵がクトゥルフ星人と命名されていた例がもっとも古いものとされていますが、これは名前だけにとどまっています。

　近年では、ゲームやコミックからのアニメ化作品や深夜向けアニメの中にいくつかクトゥルフ的な作品が出てきています。ＰＣゲーム『斬魔大聖デモンベイン』、ライトノベル『這いよれ！　ニャル子さん』のアニメ化は大きなエポックとなりました。このほか、ネクロノミコンからの引用がある『怪物王女』のアニメ化も見逃せないでしょう。

　また、CLAMPの大川七瀬が脚本にも参加した『BLOOD-C』では、「古きもの」という言葉が登場し、人と魔との凄惨な戦いが奇妙な辺境の村で展開されました。

　『Fate/stay night』の前日譚に当たる『Fate/Zero』（原作・虚淵玄）では、キャスターが魔道書『螺湮城教本（プレラーティーズ・スペルブック）』ことイタリア語版『ルルイエ異本』を用いて邪神を召喚するシーンが描かれています。

クトゥルフ神話・作家と作品《日本編》
笹川吉晴

　ここではまず、日本のクトゥルフ神話を、作家、作品の紹介を含めて概説します。
　さらにその中から、コズミック・ホラーとしてのクトゥルフ神話に力を傾けている3人の作家、菊地秀行、朝松健、友成純一の各氏と、その作品を紹介します。
　なお、《海外編》では、同一の原作でも訳者が異なる場合を考慮し、邪神名など用語表記を統一しましたが、《日本編》では、表記も作品のうちと考え、各作品中の表記を優先しています。そのため、不統一が見られますが、ご了解ください。(U)

日本のクトゥルフ神話

■神話紹介の先人たち

　日本におけるクトゥルフ神話の紹介者として先駆的存在とされるのが、日本ミステリ界の父・江戸川乱歩です。怪奇小説にも造詣の深かった乱歩は、1948年から1949年にかけて《宝石》に連載した「怪談入門」の中で、「ラヴクラフトについて」と題して「彼の作には次元を異にする別世界への憂鬱な狂熱がこもっていて、読者の胸奥を突くものがある」「彼は天文学上の宇宙とはまったく違った世界、即ち異次元の世界から、この世に姿を現わす妖怪を好んで描くが、それには『音』『色』『匂い』の怪談が含まれている」などと的確に評し、「ダンウィッチ怪談（ダンウィッチの恐怖）」「異次元の色彩」「他界人(アウトサイダー)」を繰り返し挙げるなどして、ほぼ未紹介に等しかったラヴクラフト作品を同誌上で本格的に紹介していく道筋をつけました。

　その後も、主な紹介者としては《世界恐怖小説全集》第5巻『怪物』の解説（1958）で「『ヨグ・ソトホート』などという奇怪な宇宙哲学を創作した」と説いた平井呈一、《ミステリマガジン》に「クトゥルーの喚び声」を訳載（1971-1972）、「クトゥルーの神話大系は、まさに雄大な宇宙的拡がりをもつにいたるのである」と神話大系に関する解説も付し、後に《定本ラヴクラフト全集》（1984-1986）の監訳にも携わった矢野浩三郎、1972年に本邦初のラヴクラフト作品集『暗黒の秘儀』を編訳し、「原神と地球の旧支配者と人類との三つ巴の争闘を描いたのが『クートゥリュウ神話』である」と解説した仁賀克雄などがいます。

　が、なかでもとりわけ重要なのが荒俣宏でしょう。師・紀田順一郎とともに編んだ《怪奇幻想の文学》（1969-1970、新装版1979）や、《ラヴクラフト小説全集》（1975、1978）などでラヴクラフト作品を紹介するとともに、団精二の

名でハワードの《コナン》シリーズや、コリン・ウィルスンの『ロイガーの復活』(1969) などを訳していますが、最大の功績は何といっても、《S-Fマガジン》1972年9月臨時増刊号で企画した〈クトゥルー神話大系〉特集でしょう。それまで散発的な紹介にとどまっていた神話作品を、初めて体系立てて並べ、目に見える形で提示したのです。

　荒俣宏はCTHULHUに「ク・リトル・リトル」なる音を当てています。《怪奇幻想の文学》収録のラヴクラフト「暗黒の秘儀」解題で「この作家の最大の功績は『ク・リトル・リトル神話』と呼ばれる秘儀の大系を構築したことにある」と述べ、1976年には本邦初の神話作品集『ク・リトル・リトル神話集』を編むに至ります。これあればこそ、後の《真ク・リトル・リトル神話大系》が生まれたわけです。

■日本クトゥルフ神話の始まり

　さて、では日本人による神話作品の"創作"の方はといいますと、現時点で本邦初の神話作品は1956年、高木彬光の「邪教の神」だろうといわれています。作者は乱歩門下の本格推理作家。同作は名探偵・神津恭介が活躍する一編です。——古道具屋で手に入れた奇怪な怪物の木像は数万年前、太平洋の底に沈んだ大陸で信仰されていたチューローの神のものだった。今なお密かに存在する信者たちは、死後は海底の大陸で人類の故郷の住人に混じって、不滅の生を得られると信じているという。日本軍によってシンガポールの秘密の神堂から持ち去られた像を取り戻すべく来日した信徒が、返そうとしない持ち主に呪いの言葉を吐くと——。クトゥルフ神話はおろか、ラヴクラフト作品すらほとんど訳されていない時代に、本格ミステリの素材として、しかも怪奇味満点で描かれた邪神崇拝。我が国では、乱歩によって先鞭をつけられたクトゥルフ神話は初めからすでに横断的な、懐の深いものだったのです。

ＳＦ界からは、20年後の1976年、山田正紀が神話大系に参入しました。「銀の弾丸」は冒険小説もものしていた作者ならではの、ハードボイルドタッチによるエージェント物。──クトゥルフをこの地上に呼び出そうとする人間を殺す使命を帯びたＨ・Ｐ・Ｌ協会。その工作員は、アクロポリスの丘で舞われるバテレン能を装った悪魔招びの舞を衛星中継し、世界中のクトゥルフを招びだそうと目論む女を次の暗殺ターゲットに定めた──。早くも、ラヴクラフト作品が"現実"であるというパターンを踏みながら、それゆえの神話の本質にも関わるある顛倒を見せるあたり、〈神〉を巡る物語に挑んできた作者ならではの捻りぶりです。対邪神秘密機関という設定や、その日本支部長がどうやら実在の小説家、今東光（1898-1977）らしいというあたり、後のクトゥルフ伝奇アクションの先駆でもあります。

■神話の青春時代

　こうして搦め手から攻めてきた日本の神話作品は、80年代に1つの頂点に達します。ヤングアダルト小説におけるエンターテインメント化です。その先陣を切ったのは風見潤の《クトゥルー・オペラ》4部作（1980-1981）でした。──かつてベテルギウスの善神に敗れ、異次元や海底に封印された、魔王アザトートを首魁とする邪神たちが目覚めた。善神は地球を守るべく、7組の双子に超能力を与える。彼らはラヴクラフトの小説や『ネクロノミコン』を手がかりに、邪神たちと壮絶な戦いを繰り広げる──。クトゥルフからアザトース、ヨグ＝ソトース、ツァトゥグア、シュブ＝ニグラス、ニャルラトテップ──名だたる邪神総登場ですが、壮快なほどことごとく撃破されていくのは、彼らが原初に生まれた異形とはいえ、あくまで生物だから。神話をここまで正面切って正反対にアレンジした作品も珍しいでしょう。当時のジュヴナイル──とりわけソノラマ文庫──の自由さが伝わる意欲作です。

《クトゥルー・オペラ》に続き、より大きなスケールでクトゥルフ伝奇を繰り広げたのが栗本薫の全20巻に及ぶ大河編、『魔界水滸伝』(1981 – 1991) です。——人類の中に潜み、密かに血脈を保ってきた地球の先住者、国津神や妖怪の末裔たちが次々と覚醒しはじめた。人間から地球の覇権を取り戻すべく立ち上がる妖怪たち。だが、その真の敵は外宇宙からの侵略者クトゥルフの古き神々だった。妖怪対邪神の全面戦争に、人類の命運は風前の灯火と化す——。クトゥルフ神話と、挿絵を担当した永井豪の『デビルマン』や『手天童子』をミックスし、『水滸伝』でまとめ上げたような、妖怪・邪神・人間が等価に入り乱れる壮大な物語は、作者自身も語るように、原典を大きく逸脱した一大エンターテインメントですが、その徹底した娯楽性もさることながら、妖怪と邪神の闘争に翻弄され、必死に抗いつつも結局は無力に滅んでいく人間の姿は意外と神話に忠実かもしれません。

一方『魔界水滸伝』と同じカドカワノベルスから刊行された、もうひとつの大河伝奇、笠井潔の『ヴァンパイヤー戦争(ウォーズ)』(1982 – 1988) は、直接的に神話ガジェットを使ってこそいないものの、宇宙を二分する〈光明神ラルーサ〉と〈暗黒神ガゴール〉の戦いに、宇宙の恐怖たる根源の神に仕える不死の妖僧、古代巨石文明、そして腐った磯の匂いをまきちらし、醜悪さと名状しがたい気配で遭遇した人間に恐怖と絶望を与え、触手で絡め取って貪り食うという魔獣ドゥゴンと、やはり神話に強い影響を受けています。

1988年、山本弘が同名ホラーRPGをノヴェライズした『ラプラスの魔』は、20年代のマサチューセッツ州ニューカムを舞台に、幽霊屋敷でのハードな恐怖体験を描きますが、その裏に潜むのは18世紀フランスの数学者ラプラスが召喚したハスターです。随所に神話大系との接合点が設けられ、1986年に日本語版が出た『クトゥルフの呼び声』に続いて、RPGからの神話への通路を開いた作品といえるでしょう。また、会川昇の『小説 戦え‼ イクサー1』(1989) は

美少女＆巨大ロボット物のＯＶＡをノヴェライズしたものですが、地球を狙う宇宙の放浪種族の名が〈クトゥルフ〉です。

これらに加え菊地秀行の異色傑作『妖神グルメ』（1984）などのアレンジ作品に、ラヴクラフトらの原典よりも先にふれた若い読者も数多くいました。

これらと並行して刊行された《クトゥルー》（青心社1980－1985）、《真ク・リトル・リトル神話大系》（国書刊行会1982－1984）、《定本ラヴクラフト全集》（同1984－1986）などによって、クトゥルフ神話は知る人ぞ知る、から次第にホラー／ファンタジー界の基礎教養的な定番へと変わっていきます。それにつれて、日本の神話作品も新たな段階に入っていくのです。

■ホラー界の傾倒

90年代に入ると、ジャンル間の壁が次第に低くなっていくのと軌を一にするように、さまざまな作家が直接・間接に神話作品に手を染めるようになります。

まずはもちろんホラーです。日本ホラー大賞短編賞を受賞した小林泰三の「玩具修理者」（1996）は、壊れたものを何でも直してしまう謎の男、玩具修理者が死体すら再生させますが、そのときに使う呪文が「ようぐそうとほうとふ」「くとひゅーるひゅー」。

映画プロデューサーとして、日本では希有な本格吸血鬼映画《血を吸う》シリーズ（1970－1974）などを手がけた田中文雄は小説家としても怪奇幻想小説を多数ものしていますが、衝撃的だったのは1994年の『邪神たちの2・26』でしょう。昭和10年、福井・九頭竜川の底に眠っていた龍神が目覚め帝都へと向かう。その狙いは皇居。阻止せんとするは北一輝。出口王仁三郎と手を組み、魔物に乗り移られた重臣たちと警視総監を倒そうとする――。つまりこれは昭和維新――2・26事件や、大本教弾圧のクトゥルフ神話による大胆な読み替えなのです。神話を単に日本に置き換えるだけでなく、その日本をも異化するという新

たな可能性を示唆する異色作です。また、日本人がインスマウスで、ラヴクラフト本人とともに深きものと戦うという挿話は日本からの伝奇の逆流といえます。

同じく映像畑の小中千昭は、佐野史郎主演の伝説的なＴＶドラマ『インスマスを覆う影』(1992)や、ウルトラシリーズと神話大系を、最終回の敵を邪神「ガタノゾーア」とすることで接続した『ウルトラマンティガ』(1996)などの脚本家です。作品集『深淵を歩くもの』(1998)は、ドラマを自ら小説化した「蔭洲升を覆う影」はじめ直接・間接な神話作品が収められています。また、やはり同名映画の脚本を基にした『稀人』(2004)は、自身の意識を変容させてくれる、映像に映り込む奇妙な何かを探し求めていたカメラマンが、地下鉄から迷い込んだ地下世界で、不思議な少女に出会って連れ帰り、部屋で飼育しはじめます。ひそかに存在するこの世ならぬものに開かれる意識、地下世界幻想と、直接ではありませんが神話的なイメージの色濃い作品です。

ちなみに『インスマスを覆う影』の主演俳優、佐野史郎はラヴクラフティアンとしても有名であり、自身も田舎町に現れるウボ＝サスラに、愛功太（愛＝LOVE, 巧＝CRAFT）なる考古学者が遭遇する「曇天の穴」(1994)などの神話作品をものしています。

先行作品へのオマージュに満ちた作品を多く手がける井上雅彦も、海の魔物儒艮（ダゴン）などが登場する平安版シンドバッド『妖月の航海』(1992)や、漁村に奇怪な神が祀られている『くらら 怪物船團』(1998)はじめ、濃厚に神話の香りを漂わせた作品をしばしば発表します。

倉阪鬼一郎は、クトゥルフ特集を企画したホラー雑誌の編集長が無気味な投稿をきっかけに、終わらない悪夢の中にとらわれていく『緑の幻影』(1998)はじめ、神話の閉塞性や救いの無さ、あるいは愉悦と表裏なアイデンティティの崩壊感を、みっしりと書き込んでいく作風とマッチさせた作品を手がけています。

黒史郎は、上限800字という「史上最小」のクトゥルー神話を『リトル・リトル・クトゥルー』（2009）に何編も寄せました。また、『未完少女ラヴクラフト』（2013）は死後、異世界で美少女の姿に変わったラヴクラフト——ラヴが惰弱な少年とともに、人間の想像力によってできている世界を襲う"言葉"の災厄から救おうとするファンタジー。クトゥルフ神話そのものにかぎらず、さまざまなファンタジーや伝承が入り交じる世界のディテールに加え、表紙が創元推理文庫の《ラヴクラフト全集》そっくりなのも凝っています。

　『リトル・リトル・クトゥルー』にも参加した新熊昇の『アルハザードの遺産』（1994）、『アルハザードの逆襲』（1995）は、『ネクロノミコン』を著した狂えるアラブ人アブドゥル・アルハザードが歴史の陰で暗躍する伝奇編。また、都筑由浩との共著になる『災厄娘inアーカム』（2010）は、マーシュ家とハーバート・ウエストの血を引く型破りな美女がミスカトニック大学の准教授となり、ニャルラトテップを召喚して研究所から逃げ出した怪物を退治するというコミカルなアクションです。

　田中啓文は伝奇趣向の強い奇想ホラー（と駄洒落）を得意としますが、『陰陽師九郎判官』（2003）では壇ノ浦の合戦中に、魔道士が凄まじい当て字の呪文によって海底に潜む邪神を召喚しようとし、『ＵＭＡハンター馬子』（2005）のクライマックスには「ヨグ・ソトホート」が、これまた当て字によるおぞましい姿になって登場します。

　田中啓文と組んだ『郭公の盤』（2010）でイザナギ・イザナミ譚をクトゥルフ神話的に料理した牧野修は、その田中啓文とともに神話の日本的あり方について意識的ですが、「ダンウィッチの怪」にオマージュを捧げた競作集『ダンウィッチの末裔』（2013）に寄せた「灰頭年代記」では、オリジナルを徹底的に日本に移植し直しながら、キングの『ＩＴ』のような少年時代の恐怖に立ち向かう話に読み替えました。ほかにも古き神話の現実化や生死の境界の無化、

意識・感覚の拡張による新世界到来などクトゥルフ神話的なものへの親和性が随所に感じられる作家のひとりです。

■ジャンルを越える神話

　乱歩、高木彬光、風見潤、栗本薫、笠井潔と勃興期の日本神話作家にはミステリ系の勢力が強いようですが、本格ミステリの旗手のひとりである芦辺拓も、作家活動の初期に別名義で神話作品をものしていました。「太平天国殺人事件」（別題「太平天国の邪神」）は、1987年に《別冊幻想文学　クトゥルー倶楽部》に応募したものですが、その題名どおり太平天国の乱をクトゥルフ神話で読み替えたもの。また「五瓶劇場　戯場国邪神封陣」は2002年に、朝松健の編になる書き下ろし競作集『秘神界　歴史篇』に収録されたもので、鶴屋南北はじめ戯作者や役者たちが邪神に対し、芝居の力で立ち向かうというメタ的な伝奇編です。

　殊能将之の『黒い仏』（2001）はトリッキーな本格ミステリ・シリーズの1編ですが、物議を醸した問題作です。ディテールにふれるだけでもオチにつながりかねないのですが、コミカルな殺人事件と宝探しの物語が、どう神話につながっていくか、巻末の参考文献リストにもいっさい目を通さず、まずは一読を。

　ミステリ／ホラー両分野にまたがって活躍している綾辻行人は、京都を異化したような架空の古都を舞台にした連作怪談《深泥丘奇談》（2008‐）で、直接的なガジェットは出さないものの会話やディテール、あるいは雰囲気やモティーフなど端々に神話への意識を感じさせます。

　同じく、ジャンルを越えて創作している宮部みゆきの『英雄の書』（2009）は、陰惨な現実が書物の世界と連動しているというファンタジーで、ふれた者を邪悪に変える危険な書物という設定も神話的ですが、それが「黄衣の王」と呼ばれているのはまさにクトゥルフ神話です。

柴田よしきによる『炎都』『禍都』『遥都』『宙都』四部作と続いている連作（1997
－）は、封印されていた妖怪・怨霊が京都を襲う大災厄にはじまり、闇の破壊
神、宇宙から飛来した種族、謎の大陸など神話のイメージにきわめて接近して
います。
　梅原克文『二重螺旋の悪魔』（1993）は、人類のＤＮＡ中に封じ込められて
いた邪悪な古代種族の遺伝子を"旧支配者（グレート・オールド・ワン）"――ＧＯＯ、また、彼らを封じ
た何ものかを"旧神（エルダー・ゴッド）"――ＥＧＯＤと呼ぶという、いわば名付け方によって
クトゥルフ神話と化した面白い例です。

■自由な神話たち

　ヤングアダルトやライトノベルの系統は、日本における神話受容の流れの中
では、むしろ王道の感もあります。現在の代表格はもちろん、逢空万太の『這
いよれ！　ニャル子さん』（2009）ですが、ギャグから伝奇まで幅広く、単に
名詞だけを借りたものまで含めれば厖大な数になります。この稿でもすでにい
くつか紹介していますが、ほかにもごくごく主なものだけ挙げておきましょう。
　夏見正隆《海魔の紋章》シリーズ（1998－2000）は、クトゥルフの寄生虫が
人間を操り、宿主を復活させようとする物語。人間は脳を喰らうために養殖さ
れていた存在なのです。それに対抗するのは、かつて宇宙からの侵略を食い止
めた〈海魔〉に力を与えられた少年で、悩み多きタイプ、というところにジュ
ヴナイルならではの要素が見られます。
　伏見健二の『セレファイス』『ロード・トゥ・セレファイス』（1999）二部作
は、深きものの血を引く少女と、〈夢の国〉の都市セレファイスの王たる少年
とのロマンスを軸に、その夢の国を侵略しようとするクトゥルフとの戦いが描
かれます。出自に悩む少女は神話譚の典型であるとともに、青春小説の要素で
もあり、優れた神話作品がしばしば優れた青春小説であることの好例となって

います。ルルイエが現在は東京湾の海底にあるという設定ほか、ラヴクラフト作品の本歌取りも凝った作品です。

　アーカムシティの私立探偵・大十字九郎（タイタス・クロウのもじりであることはいうまでもありません）が『ネクロノミコン』の精霊である美少女アル・アジフとともに巨大ロボットを駆る《デモンベイン》シリーズは、ゲーム、OVA、漫画などメディアミックス展開で、小説は正伝を涼風涼（2003-2004）、外伝を古橋秀之（2004-2006）がそれぞれ担当し、神話ガジェットにあふれています。

　くしまちみなと《かんづかさ》シリーズ（2012-）は特別国家公務員──宮内庁式部寮神祇院第壱課・神祇官が復活を企む邪神たちと戦う伝奇編。朝松健が創出した神話都市・夜刀浦を日本のインスマウスとしての潜入や、ショゴスと機動隊・自衛隊との総力戦、シュブ＝ニグラスとの首都決戦など創意にあふれた意欲作です。また、『緋の水鏡』（2013）はやはり日本神話とクトゥルフ神話を激突させた、かなりダークな雰囲気の伝奇編です。

　異色作では、格闘少女がクトゥルフ復活を目論むダゴン秘密教団相手に、神の格闘技カバラ神拳を駆使して戦う出海まこと『邪神ハンター』（1998）がその先駆けでしょう。深きものやビヤーキー、さらにはダゴンと格闘戦を展開するという力業もさることながら、本作のもうひとつの売りは触手とのHシーン。士郎正宗のイラストとともに衝撃を与えました。

　その流れの先にあるのが、クトゥルフの娘が魔法少女の格好で現れ、ハストゥールの娘やヨグ＝ソトースの息子などと学園生活を送るR-18の羽沢向一《魔海少女ルルイエ・ルル》（2010-）や、変態志向のナチスやボリシェビキによって、あられもない美少女の姿で召喚された邪神たちが、魔術戦車に乗って独ソ魔戦を繰り広げる鳥山仁《ネクロノミコン異聞》（2011-）などでしょう。

　ショゴスが美少女メイドとなって男子高校生に奉仕する静川龍宗《うちのメ

イドは不定形》(2010－)は、わが国屈指の神話研究家、森瀬繚が原案・監修をつとめる本格(?)神話ラヴコメです。

■利用すべき文学遺産

　一般文芸では、作者自身の手によって映画にもなった村上龍の『だいじょうぶマイ・フレンド』(1983)があります。超能力を失った宇宙人ゴンジーが悪の組織に狙われるというドタバタ・コメディですが、その正体はインスマスで発見された不定形生物。映画でゴンジーを演じたピーター・フォンダはクトゥルフ俳優ということになります。

　また、村上春樹は『風の歌を聴け』(1979)に、怪奇小説と冒険物を合わせた《冒険児ウォルド》なるシリーズを書き、愛する母の死後自殺したデレク・ハートフィールドという作家を登場させました。これがロバート・E・ハワードを主なモデルとしていることはいうまでもありません。作者は「ぼくはヴォネガット好きだし、R・E・ハワードも、ラヴクラフトも好きだし」「ラヴクラフトやハワードの"ウィアード・テイルズ"一派というのは大好きで、だいたい漏らさず読んでますね。ラヴクラフトの場合はまず文体ね。あのメチャクチャな文体(笑)あれ好きですねえ。めったにお目にかかれない文体でしょう。それと世界ね。ラヴクラフト自身の、ひとつの系統だった世界を作っちゃってますよね。完結した世界性というもの、そのふたつだと思うんですよ。"クトゥルー神話大系"とかね。ああいうの面白いし、なんとなく書いてみたくなりますよ」(『幻想文学』第3号／1983年)などと語っています。

　それらから30年、ラヴクラフト作品とクトゥルフ神話はいまだ利用価値を失わない文学遺産であると同時に、現在進行形の現象です。日本作家はさらに自由に、神話を拡大させていくことでしょう。

菊地秀行 (1949-)

〔ラヴクラフトへの憧憬〕

　1982年に『魔界都市〈新宿〉』でデビューして以来、ホラー・ファンタジーの分野で活躍し続けて来た菊地秀行は、その作家活動の初期からラヴクラフトおよびクトゥルフ神話へのシンパシーを示していました。ラヴクラフトの故地プロヴィデンスに詣でた体験を綴ったエッセイ「夕映えの街」(1984)にもそれはよく現れています。

　また、触手をくねらす異次元の怪物の侵攻を、それが人間の女との間に成した少年を軸に描く日本版「ダンウィッチの怪」とでもいうべき『妖戦地帯』三部作(1985-1988)や、吸血鬼が信仰していた触手をもつ邪神クルルと戦う『D-邪神砦』(2001)、あるいは深きものどもとの契約・抗争を描く『エイリアン邪海伝』(1986)、『妖魔姫』(1994-1995)なども具体的な神話ガジェットは出てこないものの、多分に神話的です。

〔再解釈とその先へ〕

　ホラーのガジェットを大胆に転用した奇想活劇〈超伝奇バイオレンス〉の寵児である一方で、恐怖と叙情にあふれた作品の書き手でもある菊地秀行は、直接的な神話作品においてもラヴクラフトの原典にこだわりつつ、その矛盾や疑問を孕んだテキストに再解釈を加えながら作品内に取り込んでいくとともに、いかに邪神と対峙するかという点に趣向を凝らして、ラヴクラフトのやらなかった対邪神あるいは邪神同士の魔戦を描き出そうと試みています。その最右翼は、作者が初めて神話作品に挑み、まだあまり一般的とはいえなかったクトゥルフの名を若い読者に知らしめた『妖神グルメ』(1984)と、短編「サラ金か

ら参りました」(1999)を発展させた『邪神金融道』(2012)でしょう。
『妖神グルメ』はクトゥフが神話大系に名を冠されながら、実際にはたいしたこともしないのは腹が減っているからだと看破し、『邪神金融道』はルルイエを引き上げるにも金が必要だと訴えます。

アイデアこそコミカルですが、邪神同士の対立に加え、翻弄される人間との三つ巴の抗争劇は、邪神の奇怪な能力に対し近代兵器から呪術まで駆使される一大魔戦です。また、先行作を踏襲しながらその矛盾点などを新たに解釈し直すという、クトゥルフ伝奇でもあります。

何より宇宙的恐怖はそのままに、邪神たちを"食"や"金"というきわめて人間的な次元にまで引きずりおろした点が画期的でしょう。

〔邪神との戦い〕

元は漫画原作だった『退魔針』(1995-2004)の場合、対邪神の武器は作者もお世話になっているという〈鍼〉です。対妖物用の"退魔針"を操る鍼灸師・大摩が異次元からの侵攻を阻止すべくダンウィッチに出かけていって、復活したウィルバー・ウェイトリイの双子の兄弟——ヨグ＝ソトースの落とし子に鍼を打ち込んで撃退します。ほかにムーを滅ぼしたザグナス＝グド、ドリュリュ、アザトをはじめ、アトランティスを崩壊させたデンゾルガ、ウーギ、ゴンドワナ大陸を沈めたギロゴッシなどオリジナルの邪神も登場。

その後日談が『ダンウィッチの末裔』(2013)に収録された「軍針」です。またも現れたヨグ＝ソトースの落とし子に対し、全米軍の中から選ばれた将軍と二等兵のコンビが、大摩の弟子・十月真紀に猛特訓を受けて挑みます。前作以上にダンウィッチの情景・住民の再現に凝っていますが、一方で"現実"のダンウィッチ、という形でオリジナルの脱構築という側面も。

また大摩は、『魔指淫戯』(1999)では妖魔を揉み出す指圧師(これもまた作

者のかかりつけです) 蘭城と、深きものどもを相手に共闘しています。

　針を武器に戦うという点で『退魔針』の前身といえるのが『魔界創生記』(1992)、『闇陀羅鬼』(1993)、『暗黒帝鬼譚』(1996) の連作でしょう。ここでは日本の田舎に潜む、常人では太刀打ちできない邪神の眷族たちに対し作者が創出した、アーカムをも凌駕する魔界都市〈新宿〉の住人が出張っていきます。"普通"の小説内では収まりのつかない組み合わせです。しかもチームの主力であるドマは〈邪神対策室〉の出身で、その体内にはなんとヨグ＝ソトースの心臓が！

〔ラヴクラフトを越えて〕
　こうした菊地ワールドにおける神話のあり方として象徴的なのが、クトゥルフとヨグ＝ソトースが、あの『妖神グルメ』の主人公・内原富手夫、そしてドマとそれぞれタッグを組んで魔界都市〈新宿〉でがっぷり四つに組み合うオールスター戦『邪神迷宮』(2007) でしょう。魔界都市という特異な舞台があればこそ、片方が出てきただけでも地球を滅ぼしかねない二大邪神を存分に戦わせることができるわけです。同時に自作のキャラクターたちと等価に描くことで、ラヴクラフトの原典を自身の作品世界内で消化しています。

　もうひとつラヴクラフトを超克する試みとして、すでにクトゥルフが復活してしまった後の世界を描くのが『ＹＩＧ』(1996－) です。ラヴクラフト作品からそのまま抜け出たような邪神たちに君臨され、対抗手段もなく絶望的な日常を生きている人間たちは、宇宙的恐怖に翻弄される姿そのものといえます。その一方で、邪神の眷属相手に奇怪な技をふるう超人たちは菊地作品ならではのキャラクターでしょう。

　ラヴクラフトの原典に敬意を表しながら、そこになかった新しい要素を付け加え、自分なりの独自作品を作り上げる菊地秀行は、神話体系発展の在り方を体現する忠実な継承者といえるのではないでしょうか。

妖神グルメ（1984） ソノラマ文庫→創土社

　イカモノ料理の天才である高校生・内原富手夫(ないばらふてお)の許に、アブドゥラ・アルハズレッドと名乗る奇妙な外国人が訪れた。国際的な大人物が彼の腕を欲しているという。他人のために料理を作る気はないと一度は断る富手夫だが、何本もの触手を垂らしたヤリイカのような頭部、鱗の生えた胴体と鉤爪を具えた四肢をもつ奇怪な"神"の姿を刻んだ金貨を見せられて、強い興味を示した。さらには『死霊秘法(ネクロノミコン)』なる魔道書に、太古の未知なる神々の腹を満たした料理の技法が書かれていると聞かされて心が動く。内閣情報室長の小倉とハワード・アーミティッジ博士は、そんな富手夫を阻止すべく拉致するが、何者かの奇怪な襲撃によって奪還された。

　アルハズレッドの手でオーストラリア行の飛行機に乗せられた富手夫は、機内で暗殺者に狙われた途端インドのニューデリー市街に瞬間移動。偶然の成り行きから、慈善グループが炊き出しをしている広場を邪教の儀式に使うため奪おうとしているシー教団と、どちらが貧民に支持されるか料理対決をする羽目に。蠅と野菜屑の料理で見事勝利したところにオーストラリアの海運王マーシュが現れた。シー教団の男の元雇い主だという彼は、アルハズレッドと同じ主人に仕えているという。

　マドラスの自邸に富手夫を連れ帰ったマーシュは、主人に会わせる前の腕試しにと、彼を地下へ誘う。地下水脈から現れたのは、人間が退化したと思しき半魚人の群れだった。腐った魚の臓物で半魚人を歓喜させているところに米軍部隊が突入。一方的な殺戮になるかと思われたとき、全長50メートルはあると思われる巨大な魚の尾が出現し、大乱戦となる。隙を突いて富手夫を連れ出したマーシュは、7000年前クトゥルーなる神に背信し、エネルギー体クトゥグアに滅ぼされたという地下都市を通って潜水艇で脱出するが、米原潜に捕捉され

太平洋艦隊の空母カール・ビンソンに収容される。

　艦上で富手夫はアーミティッジ博士から、太古の昔に地球に飛来し、現在は海底に沈んだ都市ルルイエに封印されながら復活の機を虎視眈々とうかがっている邪神クトゥルーについて聞かされた。恐竜絶滅やノアの大洪水、アトランティスの滅亡、サンフランシスコ大地震なども一時的に目覚めたクトゥルーの胎動によるものであり、ガイアナ人民寺院の集団自殺や、〈サムの息子〉を名乗る連続猟奇殺人は信者の仕業だという。

　折から、カール・ビンソンを全長200メートルの巨大魚神ダゴンが襲撃。火砲および艦載機との激しい死闘が展開される中、アーミティッジ博士は、信者たちやダゴンの狙いは腹を減らして動けぬ主(あるじ)クトゥルーのため、富手夫に料理を作らすことだと看破した。イカモノ料理道追求の血が騒いだ富手夫は、クトゥルー相手に料理の腕をふるうことを決意。行きがけの駄賃にダゴンを料理で追い返し、潜入していたアルハズレッドがジャックしたトムキャットでカール・ビンソンを後にアメリカへ向かった。

　途中、迎撃機に攻撃されたトムキャットから富手夫はパラシュートで脱出。クトゥルー信者と、それに対抗するもう一柱の邪神ヨグ・ソトトの信者一派との抗争に巻き込まれながら、マサチューセッツ州アーカムを目指す。ヨグ・ソトトもまた、富手夫の料理を求めていたのだ。そして彼を引きとめるべく、世話女房型のガールフレンド江莉子と、もうひとりの天才料理人ギルクリストがその後を追う。富手夫の料理はヨグ・ソトトやクトゥルーにも通用するのか？

▶ポイント
・主人公・内原富手夫はナイアルラトホテップ（ニャルラトテップ）のもじり。
・アーミティッジ、マーシュ、ウェイトリイなど、ラヴクラフト作品の血族が登場。

YIG（1996-）

光文社文庫

　アリューシャン沖で貨物船が謎の沈没を遂げ、乗組員が撮った写真には洋上から凝視する無気味な怪物の姿が写っていた。怪奇小説マニアは、これぞラヴクラフトの小説に登場する邪神クトゥルーだと騒ぎ立てる。やがて、世界各地でラヴクラフトが描いた邪神たちとしか思えない存在による異変が頻発した。ニュージーランドの都市を暗黒の渦に同化吸収させたアザトホース、極地上空でボーイング747を撃墜したシャンタク鳥、イルクーツクの住民全員を黒い仔山羊に変じさせたシュブ＝ニグラス──。彼らの実際の正体も出現理由もまったく不明なため、人々はラヴクラフトの著作に事態打開の手がかりを求め、そこで言及されている『死霊秘法（ネクロノミコン）』や『ナコト写本』『エイボンの書』『無名祭祀書』などの魔道書を探して世界中を渉猟したが、一向に成果は得られなかった。

　以来10年、文明社会は荒廃の一途をたどっていた。邪神を奉ずる教団が奇怪な儀式に耽って生贄を捧げ、この機に乗じた凶悪な犯罪集団も横行。交通・通信網も各地で寸断され、一般市民は軍から払い下げられた兵器で地域ごとに自衛せざるを得ない。

　そんな中で、海辺の町・三鬼餓（みきが）の王港岬（おおこう）に居をかまえる魔道の研究家・瑠々井栄作老人が、邪神撃退の方法を発見したという。瑠々井はその方法を完成させるまでの間、海の奴ら──ダゴンやクトゥルーからの妨害・攻撃を懸念して、五人のボディガードを破格の待遇で公募する。その結果、深きものたちと見えないものたちとの緩衝地帯となっていた三鬼餓には、邪神の眷属に対抗できるだけの人間離れした技をもった超人・妖人・怪人が続々と集まり、不穏な空気に包まれる。

　一方、トラック運転手の移木（うつりぎ）は、奇怪な美女に三鬼餓まで連れて行くよう頼まれた。女の漂わせる無気味な雰囲気と危険な行き先に一度は断るが、武装暴

走族に襲われたところを助けられ、しかもその全員を瞬時に消し去った女——イヴにはもはや抵抗できず、三鬼餓まで連れて行くことを承諾した。

　三鬼餓に到着するや、イヴは商売敵に神経を尖らせる用心棒志願の男たちに対し移木こそが志望者であり、自分はその護衛役にすぎないと偽る。折から先手を打った〈深きもの〉がボディガード狩りに襲来。イヴは見事に撃退する。実はすでに瑠々井邸も襲われており、ガード志願者たちに非常呼集がかけられていた。その結果、生き残った五人が雇われることになったが、瑠々井はさらにイヴと、盲目の剣士・暮麻忘を、予言されていた運命の存在として雇おうとする。しかし軽く扱われて臍を曲げた移木に従い、イヴは瑠々井邸を後にした。

　瑠々井邸からの帰途、ふたりは深きものと交接したため、蛙のような"インスマウス面"に変貌した父親を匿う母子と出会う。ギルと名乗る奇怪な美女が男を連れ去ろうとするのを阻止したふたりは、当面この親子の許に厄介になることにした。

　一方、深きものたちは闘いの最中に"感染"させたボディガードのひとりを通して、瑠々井にダゴンの血を浴びせ半死者にしてしまう。1週間のうちに瑠々井を元に戻せなければ、対邪神策は水泡に帰す。治療のかたわら、瑠々井が発見したものは何なのか、突き止めようとするイヴを、ダゴンとハイドラの娘ギルが付け狙う。果たしてイヴとは何ものなのか？

▶ポイント
・邪神復活後の世界。
・ラヴクラフト作品を"現実"化し、再解釈を加える。
・イヴ＝イグ。

邪神金融道 (2012)

創土社

　ＣＤＷ金融の社員であるおれの許に〈ラリエー浮上協会〉なるサルベージ会社が五千億の融資を申し込んできた。"都市"を海底から引き上げる巨大プロジェクトのために多額の資金が必要なのだという。銀座4丁目と新宿3丁目――〈高野〉前の土地を担保に差し出され、半信半疑ながら超大口の契約を進めるおれに、後輩の色魔大助は世界中の金融機関に同様の融資話が持ちかけられているという密かな噂と、〈ラリエー〉あるいは〈ルルイエ〉という古代に海底に沈んだ都市の話を聞かせる。そこには、地球の生命誕生以前に飛来した邪悪な神クトゥルーが眠っているというのだ。

　おれは一笑に付すが、借金を踏み倒して逃げた男・田丸を捕まえてみれば、偉大なるクトゥルーにすべてを捧げたとうそぶき、ふと入ってみた〈オーゼイユ〉なるバーではママが突如クトゥルーの話をしだし、奇妙な王冠をカタに五千億円の融資を申し込んでくる。さらには海底に沈む巨大な都市と、それを引き上げようとしているものたちの幻影を見た挙げ句、ママに触手で襲われて、あわや別のものに変えられかけるのだった。

　それでも、怪現象をことごとく強引な理屈で合理化し、色魔の説得や、田丸の妻で神出鬼没な優子の奇妙な忠告も退けて融資話を進めるおれ。やがて最初の返済日が来たが手形が落ちなかったため、おれはラリエー浮上協会に出向く。契約を楯に担保の土地を差し出すよう迫るうち、ふと色魔の受け売りで、土地の所有権が別のものにあるのではないかとほのめかしたところ、50人からの社員たちが一斉に姿を消した。ただひとり残った新入社員・留美によれば自分以外は全員、千葉・王港(おうみなと)の同族ではないかという。

　早速取り立てに向かった王港は修馬(しゅうま)という大地主が権勢をふるい、海に棲むものとの忌まわしい交わりを噂される土地だった。そこには留美も、自分でも

わけのわからない衝動によってやって来ていたが、突然襲ってきた半人半魚の怪物にさらわれる。

翌日、ラリエーの支社長・坂崎を捜して同姓の家に潜入したおれは、地下の広大な空間でクトゥルーに祈りを捧げる信徒集団と、留美を含む男女の生贄(いけにえ)たちを目撃。やがて奈落から巨大な半魚神ダゴンがその姿を現わし、次々と生贄を引きずり込んでいく。

何とか脱出し、東京に戻ったおれの許へ、ラリエーの相談役・鈴木老人がやってきて、借金のかたにとオリハルコなる紫の宝石塊を置いていった。また現れた優子は、仕事の巧く行かない鈴木が暴走しはじめており、このままでは自分の雇い主・佐藤にも止められないという。

そんな中、逃げた債務者を追っておれと色魔は岩手の河無亜(かむあ)から、さらに奥地の一運陀(いちうんだ)に向かった。直下型地震に襲われ、岩だらけの荒れ地となった中に柱状列石が立ち並ぶ村には、呪術を行うという鳥居上(とりいうえ)一族が。当主は遠縁のよしみで鈴木老人に十兆五千億ほど貸したが、相手は自分を殺して踏み倒そうとしているという。また、債務者・赤城夫妻は借金のかたに〈輝くトラペゾヘドロン〉なる結晶体を差し出し、外宇宙への〈門の鍵にして守護者〉である自分たちの主人・佐藤も日頃の付き合いから五京円ほど貸したが、踏み倒された挙げ句、催促を逆恨みされて付け狙われているという。そのとき、儀式が行われる丘の上で爆発が——。

▶ ポイント

・「サラ金から参りました」の姉妹編。

・クトゥルー vs. ヨグ＝ソトースの因縁。

・呪文や塩を使うＣＤＷ（ある頭文字）金融の社長。

・随所にちりばめられた神話の固有名詞やアナグラム、変名の存在。

朝松健 (1956-)

〔神話布教者として〕

　日本におけるクトゥルフ神話について語るとき、朝松健はその中心に位置するひとりでしょう。出版社の編集者として携わった《真ク・リトル・リトル神話大系》(1982-84)、《定本ラヴクラフト全集》(1984-86)は、クトゥルフ神話とラヴクラフトを初めて本格的に体系立てて紹介し、広い普及の礎(いしずえ)となった記念碑的事業です。神話とも関わりの深い《ウィアード・テールズ》(1984-85)、《アーカムハウス叢書》(1986-87)などの選集、また〈召喚〉など現在おなじみの魔術用語を定着させたのも功績として挙げられるでしょう。この時期の朝松健の仕事に、知らずに影響を受けていた後の書き手も多いはずです。

　しかし、1986年に『魔教の幻影』で作家に転じてからは、そんな知り尽くした世界はいわば"最後の手段"として、強くあるいは密かに影響や指向を感じさせつつも、あくまで直接的な神話作品を手がけることには禁欲的でした。

〔日本的神話の書き手へ〕

　そんな朝松健が満を持して神話作品に正面から挑んだのが1993年、『崑央(クン・ヤン)の女王』です。舞台は完全自家発電・コンピュータ制御のインテリジェント・ビル。邪神の復活と、人類社会侵攻を媒介するのはDNA。古き恐怖を現代に蘇らせるうえで、きわめて今日的な道具立てを用いています。

　1996年の『肝盗村鬼譚』は、作者の故地である北海道に、禍々しい歴史と伝承をもった土地を設定。父の危篤によって帰郷した主人公が、因習に満ちた恐怖に巻き込まれていきます。密教をモティーフに、実在した邪教、立川流にまつわる伝奇的な展開を見せる物語はしかし、誉主都羅権明王(ヨス=トラゴン)——ヨス=トラ、

蛆蟆守などという名前などを通して、次第に神話に接続されていきます。

〔神話の地・夜刀浦〕

　クトゥルー神話を日本に移植するにあたって、朝松健が成したもうひとつの方法が、アーカムやブリチェスターのような神話地帯を日本にも創ることでした。それを本格的におこなったのが1999年の『秘神』でした。自身が編者を務め、飯野文彦・図子慧・井上雅彦・立原透耶と書き下ろしで競作した画期的な神話アンソロジーの舞台として、朝松健は房総半島に夜刀浦なる街を用意したのです。そして自身の作品「『夜刀浦領』異聞」では室町期に遡り、立川流と絡めながら誉主都羅権にまつわる土地の忌まわしい歴史を設定しました。

　この夜刀浦は、2011年の『弧の増殖』の舞台にもなりました。ここでは、郊外の丘に建つアンテナを通してユゴスからの侵略が行われ、街全体がカタストロフに襲われます。また、神戸連続児童殺傷事件をモティーフに、クトゥルフ神話へと読み替えるという現実との緊張関係も作者らしく、現代日本における神話のあり方を示唆するものとなりました。

〔神話と歴史〕

　歴史を異化する伝奇的試みとして画期的な力作が『邪神帝国』（1999）です。1994年から98年にかけて発表した連作に書き下ろしを加えて刊行された同書は、魔術集団としてのナチスに焦点を当て、その背後に邪神を置くことで歴史を伝奇化していきます。その手法も現代日本を舞台にしたヒトラー転生譚から、狂気山脈でのドイツ軍対ショゴスまでさまざまですが、一貫してナチスドイツの憑かれたような国家規模の狂気と、魔術がもたらすネガティヴな心理を重ね合わせ、さらには邪神という宇宙的恐怖によって、個人には抗えない歴史の流れを冷徹に描いていきます。

〔さまざまな試み〕

　ブライアン・ラムレイへのシンパシーを表明する朝松健は、熱心な神話読者でありながら決して保守的ではありません。さまざまな試みに挑戦しています。『小説ネクロノミコン』(1991)は映画『ネクロノミカン』のノヴェライゼーションですが、3人の監督によるオムニバスを、朝松健はラヴクラフトがアレイスター・クロウリーに宛てた書簡で括るという構成を取り、随所で神話要素を濃くするとともに、作者らしい閉塞的な雰囲気を強めています。また、ジョン・カーペンター監督の映画『マウス・オブ・マッドネス』のノベライゼーション(1995)も、怪奇小説をめぐって現実が溶解していく多分に神話的なイメージを、オリジナルよりさらに濃厚にしています。

　『秘神黙示ネクロノーム』(1998-2001)も、日本ならではの作品かもしれません。何しろ、古きものが遺した兵器に旧支配者、あるいは旧神の聖痕をもつ少年少女が乗り込んで、ニャルラトテップ率いる秘密結社と戦う巨大ロボット小説なのですから！

〔第一人者の自負〕

　『秘神』に次いで2002年には『秘神界』という、「歴史編」「現代編」の2冊からなる、やはり日本人作家による意欲的な競作集を編みました。28人の参加者の中には、初めて神話作品に挑戦した作家もいます。2005年には英訳もされ、日本の神話作品の存在を海外に知らしめました。

　クトゥルフ神話を創作・受容の両面から進めてきた第一人者として、日本の神話シーンの活性化にこれからも欠かせない存在でしょう。

崑央の女王 (1993) <small>クン・ヤン</small>　　　　　　　　　　　角川ホラー文庫→創土社

　城南大学の分子生物学者・森下杏里は日本遺伝子工学株式会社（ＪＧＥ）に出向することになった。勤務先は市ヶ谷、60階建ての完全自家発電・コンピュータ制御のインテリジェント・ビルである。彼女が従事する〈プロジェクトＹＩＮ〉とは、中国東北部の佳木斯（チャムスー）郊外で発見された殷代の地下遺跡から出土した、少女のミイラのＤＮＡ解析だった。プロジェクトの指揮を執るのは中国から乗り込んできた老女リー博士。

　だが、驚くべきことに採取されたＤＮＡは人間ではなく、爬虫類のものだった。ミイラを〈崑央（クン・ヤン）のプリンセス〉と呼ぶリー博士は、『淮南子（えなんじ）』に記された地底から現れ崑崙に住んだという龍神や、黄帝に滅ぼされた火の一族・祝融の伝承、さらにはマダム・ブラバツキーやルドルフ・シュタイナー、古神道などの、爬虫類人が古代の地球を支配していたという主張を挙げて、かつて人類とは起源が異なる知的生命体──旧支配者が、人類誕生以前に文明を築いていたという説を唱える。

　厳重なセキュリティシステムに加え、中国側の警備兵が常駐するビル内にプロジェクト終了まで留め置かれるメンバー。その中で杏里は頻繁に奇妙な幻夢を見る。戦時中、満州に設けられた日本軍の生体実験施設。そこに連行されてきたある家族は、ほかの収容者から〈崑央（クン・ヤン）〉と呼ばれ、徹底的に忌避されていた。

　崑央とは満州族の伝説に語られる地底の大空洞であり、人類以前に地球を分割支配していた異生物のうち、黄帝に叛旗を翻した祝融族が封じられているという。また、星辰族は天の彼方に追放されたとも。

　ふと思い立った杏里が、頻発するＤＮＡのパターンをコンピュータに抽出させると、3つが挙がってきた。それは「黒き死を与えよ」というメッセージに

感じられた。そして脳裏には、病原菌を注射される崑央の家族が。

　翌朝、リー博士はミイラの体内にペスト菌を注入した。ミイラは熱と光を発しながら量子レベルでの変容を始め、ポルターガイスト現象を引き起こす。博士によれば、佳木斯の遺跡は中国科学界が総力を挙げて分析し、滅びゆく爬虫類人が遺したメッセージを解読したという。そこには「幼い王女が黒疫によって皇妃に変生する」という記述と、THCLH、THGHC、ZTHRNGという三柱の神の名が記されていた。

　外の世界では佳木斯が巨大地震で壊滅し、熱病が発生。関東一円は異常な熱波に襲われて死者や事故が多発している。そしてビル内では、ラボで何らかの非常事態が発生し、銃声や悲鳴が響きわたった。杏里の脳裏では満州の施設で、崑央の家族が触手の生えた巨大な怪物に変じ、人々に襲いかかった"記憶"が再生される。

　パニックの中で、杏里はリー博士が生物兵器の専門家であり、プロジェクトＹＩＮとは最終生物兵器によって、黄色人種が世界の覇権を握る計画であると知った。しかもすでにミイラ――崑央の女王(クン・ヤン クイーン)は蘇生しており、実験の次段階として生物兵器能力をテストするため、杏里たち一般スタッフが獲物に供されるというのだ。

　無数の触手を生やした体長2.8メートル、体重300キロの球根のような怪物は杏里たちに襲いかかりながら、ビル内の人間やその肉体の部位を次々とおぞましい異生物に変容させていく。なんとかリー博士の研究室までたどり着いた杏里たちは、人類のＤＮＡに潜む怪物化因子を引き出したクイーンが、自身は現在ビル内にいる3人の女性のひとりに記憶のレベルまで変身していると聞かされた。果たしてそれは誰なのか。クイーンを人類に贈った祝融族の意図は――？

邪神帝国 (1999)   ハヤカワ文庫JA→創土社

"伍長"の自画像 (1994)

　オカルト作家の私は、"伍長"というあだ名の貧しい美大浪人・平田と出会った。地方役人の父を亡くし、建築を志しながら挫折した彼は、外国人に異常な憎悪を抱いていた。3カ月後、再会した平田は、〈星智教団〉なるカルトに入り、自身の前世を知るための修法を行っていた。平田の部屋を訪れると、そこには危険なアブラメリンの魔法陣が。そして呪文を唱えた彼は、行進の足音や怒号、爆音などが室内に満ちる中、力強い声で演説を始めた──。

ヨス＝トラゴンの仮面 (1994)

　1937年、ヒトラーの対ソ戦略を探るため、外交官に扮してベルリンに潜入していた日本陸軍情報部の神門帯刀（ことうたてわき）中尉はヒムラーに正体を見破られ、〈祖国遺産協会（アーネンエルベ）〉への協力を強要される。その任務は太古の昔、ゲルマン民族誕生の地トゥーレで時空を超越したヴィジョンを得るため使用されたという〈ヨス＝トラゴンの仮面〉の在処を、協会が捕らえている魔術師メルゲルスハイムから聞き出すことである。だが、ヒムラーと対立するヘスがすでに先んじていた。後を追った神門とルーン魔術を操る女情報員クララは、ロンギヌスの聖槍をもったヘスに捕らわれる。そしてついに発見された仮面を、ヘスが着用したとき──。

狂気大陸 (1995)

　1939年、『無名祭祀書』にもとづいて発見されたという南極大陸の沃土ノイシュヴァーベンラントに向けて、国防軍兵士と親衛隊員（ＳＳ）、そしてゲシュタポからなる部隊が出発した。航海の途上ＳＳの指揮官ブラスキは、霊能者の家系で父親が魔術師メルゲルスハイムと関わっていたというミュラー少佐に

ヨス＝トラゴンの仮面を被せる。ミュラーが幻視したのは巨大な石造建築に棲む海百合状の生物と、「レンに近づくなかれ」という警告の思念だった。やがて南極に上陸した部隊は、途中奇怪な襲撃に遭いながら目的地に到達するが、先行したＳＳは全員殺されて解剖されていた。そして、ブラスキの書類からミスカトニック大学の狂気山脈探検報告書と、ヒムラーによる〈ショゴス掃討作戦〉指令書が発見される。救援は1年後、絶望的な戦いが幕を開けた——。

1889年4月20日 (1997)

切り裂きジャック事件に揺れるロンドン。魔術師Ｓ・Ｌ・メイザースの妻ミナは、夢の中で5つの殺人と犯人の顔を繰り返し見ていた。犯人は背の低いちょび髭のオーストリア人で、イニシャルはＡ・Ｈだという。友人のオカルティストでスコットランドヤードの検視官Ｗ・Ｗ・ウェスコットから、被害者の口腔内に逆鉤十字と"NYARLATHOTEP"の文字が刻まれていることを知らされたメイザースは、これが何らかの魔術的意図をもった儀式殺人だと考え、夜な夜な星幽体放射(アストラル)でロンドンの街を探索するが——。

夜の子の宴 (1997)

本隊にはぐれ、カルパチアの山中をさ迷っていたドイツ軍のトラックは、朝になってみるとある村にたどり着いていた。しかし3人の兵士が変死しており、その首筋には2つの傷が。村長は指揮官のネイアー少尉に、村外れの断崖の上にそびえるポプラ館のＤ＊＊伯爵夫人に宿や食料、燃料などの協力を仰いではどうかという。ネイアーを迎えた伯爵夫人は、村人が社会主義者と通じているので皆殺しにするよう進言する。さらに奇妙なオーラで憎悪を煽りたて、ローマ時代の遺跡を破壊させようとする伯爵夫人。遺跡の石積は邪神ツァトゥグア(ラービス)を封印したものらしいのだが——。

ギガントマキア１９４５ (1998)

　1945年4月、独陸軍情報部のエーリヒ・ベルガー中尉は、撤退間近のウィーンから"伝説(サーガ)"氏なる民間人を脱出させる任務を負った。ユンカースの機体を追ってくる、サーチライトのような単眼を光らせた巨人の影。魔術の達人だという"伝説"氏は「くとうぐあ」と呪文を唱えて、炎とともに影を消滅させた。スペインでUボートに乗り込んだ一行はアルゼンチンに向けて出港するが、単眼巨人(キュクロペス)は銀色に輝く鱗、鉤爪と水かきのある手、大きく裂けた口、そして深紅に輝くガラスのドーム状に突き出た片目という鮮明な姿となって、執拗に追ってくる。"伝説(サーガ)"氏とはいったい何ものなのか。彼がもっている〈ペリシテ人の炎宝(ひとのほのお)〉とは何なのか。そして"脱出"の目的とは——。

怒りの日 (1999)

　独国防軍司令部の大佐クラウスは、ロンメル元帥からヒトラー暗殺計画に誘われる。さらにロンメルは、エル・アラメインの遺跡で発見した石版の写真を渡し、クラウスが自分と同じ悪魔祓い師(エクサルツィヅト)の一族なのだという。石版に刻まれていたのは円錐形の頭部に無数の触手を生やし、鱗まみれの胴体、水かきのついた手をもった妖物の姿。それは、彼がその朝に見た悪夢に現れた怪物そのものだった。そして、ヒトラーら第三帝国首脳部がそろった写真の中にも同じ怪物の姿が。クラウスはこの写真が撮られたとき、その位置にいたのがヒトラーに重用されているチベット人の導師テッパ＝ツェンポだったことを思い出す。何ものかによって別の存在に変えられてしまった愛人、カニのハサミのような手を持ち、部屋の中でモーター音を立てる老人と孫娘、妻が出す奇怪な料理——。身の周りを幻覚とも現実ともつかない怪現象が覆い尽くしていく中、クラウスは自分が暗殺の実行役となることを決意した——。

弧の増殖 (2011) エンターブレイン

　千葉県の夜刀浦市でタウン情報サイト〈夜刀浦Watcher〉を運営している矢口英司と佐藤嘉明は、〈怪夜燈〉というコンテンツのために地元の都市伝説を集めることになった。さまざまな噂話の中で佐藤の目を引いたのは、十五年前に発生した連続幼児殺害事件に関するものだった。

　5人の幼児が相次いで殺されたのみならず、その血で奇妙な半月形の図形が路上に、そして幼児の生首に描かれて、口には微に入り細を穿った犯行の詳細と"斎彌皇"なる署名が記された紙片が咥えさせられていた。さらには、幼児が生きながら食われた痕跡さえあったというこの事件で、容疑者として逮捕されたのが地元の名家、飯綱一族のエリート青年・昭信だった。しかし、精神鑑定中に施設を脱走した昭信は翌朝、市内の池で溺死体となって発見された。こうして事件は全容が解明されないまま幕を閉じたが、その昭信が今も丘の麓の防空壕に隠れ棲んで、市民を食らおうと狙っている、と噂は語る。

　佐藤がこれに反応したのは、生首となって発見されたのが隣家の子供だったからである。その話をしていた居酒屋で、ふたりは本郷大学の民俗学教授・真嶋守衛と知り合った。真嶋は当時、警察から例の図形について意見を求められたという。さらにはつい最近、事件資料がことごとくネット上に流出したこともふたりに教えた。

　帰宅した佐藤の前に、殺された隣家の子供トモくんが現れ、「ぼくのくびをきったあいつがアンテナからおりてくる」と告げる。

　一方、矢口は居酒屋の女将・由梨絵の妹である咲子から、女子高生の間で流行っている噂について取材させてもらうことになった。通信会社の電波塔やメガ・サーバ施設が建ち並び、電磁波による障害の噂が絶えない見遥ヶ丘で、その頂にある半球形の巨石遺跡にまつわる怪談話を聞いていると、話そのままの

カニのハサミのような手をして、ピンク色の殻に包まれたような奇怪な人影が現れて追ってきたため、必死で逃げ出すことになる。

　さらに、真嶋から送られてきた捜査資料のファイルの中に、飯綱昭信が自ら撮ったビデオ映像を発見した佐藤は、その中で飯綱昭信が自分に直接呼びかけてくるのに愕然とする。自身を"司祭"と呼ぶ彼は『A書』なるものを解読し、暗黒の地ユゴスから何かを呼ぼうとしていた。そのとき、突然市内を大停電が襲う。そして佐藤は、電話線のケーブルから飛び出た金属繊維に身体中を貫かれながら、「これがはじまりだ、人間ども」と声を発する。

　一方、夜刀浦一帯は奇怪な電波障害に見舞われていた。携帯やＴＶ、オーディオのスピーカーなどから意味不明な内容を喋る男の声や「ヨス＝トラゴン」「ユゴス」「ィルエキック」などの詠唱が響く。そして、携帯や端末を使用した者は次々と死んでいった。

　パニックの中、咲子と矢口はともにトモくんの霊に導かれて、障害をものともせず運転を続けている丘のメガ・サーバへと向かう。真嶋もまた、「見遥ヶ丘の巨石が光り、夜刀浦が停電するとき、15年前に死んだ斎彌皇が戻って来る」という噂や、家の庭でしばしば聞こえる奇怪な囁きから、事態を食い止めるべく丘を目指していた。合流したふたりに真嶋は、斎彌皇＝飯綱昭信の連続殺人は、先祖の秘匿していた古代の遺物──『Aの書』と名付けた半球の石から禁断の知識を得ての儀式だったと語る。彼自身もまた、自分が相続した屋敷に遺されていた同様の石にふれることで、そのことを知ったのだった。

　真嶋の変容への不安を孕みながらも、3人は斎彌皇を倒し、ユゴスの侵略を阻むためメガ・サーバ施設を目指す──。

友成純一 (1954-)

〔隠れた神話作家〕

　伝説のスプラッター作家として知られる友成純一は、隠れたクトゥルフ神話作家でもあります。一見そぐわない作風のようですが、その狂熱的描写や密かな文学的素養、現代文明への違和感やヒューマニズム否定の姿勢など、実はラヴクラフトに通ずるところがあります。

　友成作品はその多くが、血と性と暴力に満ちた無法な新世界を（多分に儀式的に）招来することを旨としています。そこでは、個の存在は溶けていってしまいます。こうした構図自体が神話的ですし、人間とは別種族の古きものたちが復活するというやはり神話的なモティーフも、頻繁に繰り返されています。

〔土俗神話（ローカル）〕

　直接的な神話作品としてまず挙げられるのは、「地の底の哄笑」（1994）でしょう。筑豊の廃鉱を舞台に、地の底に潜むツァトゥグアの恐怖を、前半の周辺描写から雰囲気を高めるいかにも神話的な手続きを経て、クライマックスで一転スプラッター風の怪物絵巻として描いてみせる同作はまた、これも神話らしい出自譚でもあります。しかも、産炭地帯独特の風土が描かれる筑豊は作者の故地です。そこには、作者自身がおこなった炭坑の怪異譚蒐集が活かされており、そうした地域性（ローカリティ）を意識的に取り込む姿勢も、ラヴクラフトらのひそみに倣ったといえるのではないでしょうか。

　『幽霊屋敷』（1995）の場合は、河童伝説の残る熊本・八代の山村が舞台です。今なお河童の目撃が続く田舎の村に建つ西洋館で行われているのは『ネクロノミコン』『探求の書』『屍食教典儀』『妖蛆の秘密』などを手がかりに、チャー

ルズ・ウォード、ハーバート・ウエストらの先達に連なる古代科学の復活——"妖虫"を寄生させて人間の肉体を変質させ、意識を別次元に向けて開こうという試みです。その目的は、有史以前に地球に飛来した"暗黒神"の力を手に入れることなのです。そしてこの禁断の実験はもちろん、悪趣味なフリークショーとなって幕を閉じます。神話らしいマッドサイエンス譚ですが、それを囲んでいるのは土俗的な田舎の風土と、作者自身の高校時代をモデルにした素朴な学校怪談や思春期の懊悩であり、そこにコズミック・ホラーを持ち込んだのは、大戦中に満州で行われた関東軍の生体実験の因縁です。これもまた、神話を日本に移植するひとつのあり方でしょう。

〔汎アジア神話〕

こうした皮膚感覚的なリアリティや、地続きの歴史観がエキゾチシズムと結びついたのが、作者自身が移住した南太平洋地域を舞台にした作品です。福岡市内を大地震が襲うところから幕を開ける『覚醒者』(2005)は、刊行直前に福岡県西方沖地震が発生したために図らずも現実を伝奇化することとなりましたが、登場人物の心理や社会の状況などは東日本大震災を経た今日、さらにリアリティが増しています。

東南アジアから九州にかけてを大きく連続した文化圏としてとらえ、"中央"や"文明"に対する、古きまつろわぬものたちの叛逆拠点とする構図は、旧日本軍の南方進駐などともつながりますが、社会からこぼれ落ちた者たちが信徒となっていく展開とも併せて、神話をクトゥルフの側に立って語ろうとする、作者らしい試みです。また、南洋で深きものと交接し、自身もその仲間に変容していく姿には、マーシュ家の故事が二重写しになりますし、芸術家や建築家、数学者などがカタストロフに感応するところは「クトゥルフの呼び声」の再来でしょう。いまだ開幕編のみにとどまっていますが、再開が待たれる意欲作です。

地の底の哄笑（1994） 　　　　学研M文庫『クトゥルー怪異録』所収

　私は美大の後輩・郷村に誘われて、彼の故郷である筑豊に廃鉱を見に行くことになった。田川郡金城町にある郷村の実家は炭鉱経営をしていた財産家であり、広大な屋敷をかまえていた。15年前に亡くなった父親は炭坑に愛着があったのか、閉鎖後もしばしば隠し坑道から中に入っていたらしい。

　郷村家が貯め込んだ書画骨董の類を蔵で見ていた私は、「つぁとぅぐあ」と彫り込まれた長持ちに目をとめる。開けてみると中には、蛙のような顔に6本の手足をもったグロテスクな像と、文字とも模様ともつかないものが書かれた数冊の古書、そして何かの読みの音らしいひらがなのメモが入っていた。

　夜の宴会の席上、私は郷村の父親が炭鉱内で毒死したこと、また死体が異様にねじくれていたことを知る。彼は石炭に代わるエネルギー源を開発すべく、世界各地を巡っては怪しげな薬品や書物を持ち帰り、何やら研究していたという。そして、その死の前後には坑道の入口周辺で、元坑夫たちが酸で冒されたように肌が爛れたり、腹部に小さい穴がびっしり開いて体液が奪われていたり、という怪死事件が頻発していた。さらには地の底から断続音と、湿ったもので地面をぬぐうような音が移動していくのが聞こえるという噂も流れた。

　これらが、団地を建てるために、元坑夫たちを"炭住"から追い出すための策略だったのではないかと疑う私は、さらに郷村が私生児であることを当人の前で取り沙汰する酔客たちに腹を立て、先代当主の遺言だと言って長持ちから見つけたメモを意味も分からぬまま繰り返し読み上げる。

　そのうちに、無気味な"足音"が聞こえはじめた——。

ポイント
・『ナコト写本』『エイボンの書』が蔵の中に。
・作者は故郷・九州の炭坑怪異譚を蒐集。

覚醒者 (2005) 　　　　　　　　　　　　　　　　　　　光文社文庫

　200X年7月、福岡市内を巨大地震が襲った。しかし、奇妙なことに被害に遭ったのは市の中心部・天神から半径10キロ以内にかぎられていた。福岡でフリーライターのかたわらタウン誌を編集している岩本淳三は、事態について書かなければならないという使命感にとらわれつつ、疎遠になってしまった友人のイラストレーター三神英輔の安否が気にかかる。

　かつて酒に溺れ、妻とも離婚した三神は、時間を超越した次元から人間の魂を食いにやってくる古い存在の幻覚・幻聴に悩まされていた。一時は断酒したものの、東京から福岡に移り再び飲みはじめた三神は、熱帯の島の夢に取り憑かれ、それを絵に描こうとして描けずに足掻いていた。

　実は、彼の祖父は戦時中ジャカルタで現地徴用され、送られた島で原住民の女との間に子を成した。そのまま自分は島に住み着いて帰らず、子供だけを妻の許に送ってきた。それが三神の父親・隆三だったのだ。そして隆三もまた、三神が物心つかぬうちに出奔してしまった。三神は自分が九州に来たのも、島の夢もあるいは父親に関係があるのかもしれないと思っていた。そして、夢の中で蜥蜴とも蛙とも人間ともつかない生物が祈りの儀式に耽っているのを見たとき、強烈に惹かれた三神は南方行きを決意した。

　以来、三神は父の出生地であるらしいスラウェシ島に頻繁に通うようになる。祖父はそのさらに東南に広がる島々に消えたらしい。三神はかつて日本軍の統治下に置かれていたというトカンベシ列島ではないかと当たりをつけ、さらにそこに暮らす海上民バジョの集落に身を隠したのではないかと推測する。

　一方、岩本は、市内に奇妙なホームレスがやけに増えてきているような気がしてならなかった。彼らは集団で、何やら唱えながら身をくねらせている。その人間離れした声の呪文はこう聞こえた——「いあ！　いあ！　くとぅるふ・

ふたぐん！　ふんぐるい・むぐるうなふー・くとぅるふ・りえー・うがニなぐる・ふたぐん」——。

　その頃、バジョに仲間として受け入れられ、ともに暮らすようになっていた三神は集落の若者ペピに誘われ、祖父に会うためにミンダナオに向かった。たどり着いた集落の、珊瑚礁に作られた池からまるで河童のような生物の群れが現れた。そのうちの一匹が、自分が三神の祖父であり、河童と交接することで自身も同じ姿になった、と思念で語りかけてくる。また、三神の父は姿が変わりはじめたため、日本のどこかにある人間ならざるものの棲む社会に身を隠したという。そして三神自身にも、いつかそのときが来るとも。

　福岡では、〈福岡路上生活者救済協議会〉なる団体が、さらに急増しているホームレスへの食事と寝場所の提供を口実に、彼らを組織化しはじめた。市内各所で、ホームレスたちが集まり呪文を唱え続ける。

　しばらくぶりに日本に帰ってきた三神は、あの怪地震に共鳴し、突如襲ってきたイメージ——奇怪な蛸のような怪物が神殿で人間を食らうさまを塑像に刻みつけることに熱中する。そして、ほかにも多くの芸術家や建築家、数学者などが市内の各所で狂ったヴィジョンを形にしていたのだった。

　心配してやって来た岩本に、三神は東南アジアから九州にまで連なる生命エネルギーに沿って往き来していた漂泊民の古き神々が、自分たちを迫害し滅ぼした"文明"に復讐しようとしているのだという。そして、自分たち父子はその尖兵なのだと。そう語る三神はすでに変貌しはじめていた——。

■ポイント

・福岡は作者の故郷、インドネシアは移り住んだ地。
・「インスマウスを覆う影」「クトゥルフの呼び声」からの換骨奪胎。
・〈深きもの〉はラヴクラフト作品でも東南アジア由来。
・河童は『幽霊屋敷』にも登場。

INTERLUDE　クトゥルフ神話とコミック
朱鷺田祐介

■クトゥルフ神話のコミカライズ

　クトゥルフ神話と漫画の関係は意外に長いものです。まず、怪奇漫画でたびたびクトゥルフ神話が取り入れられています。

　1963年には水木しげるがラヴクラフトの「ダンウィッチの怪」を下敷きにした『地底の足音』を描いたのが最初期とされています。ウィルバー・ウェイトリイを蛇助と言い換え、謎の円空仏を交えるなど水木しげるならではの伝奇SFとなっています。

　本格的なラヴクラフト作品を原作としたアンソロジーでは、1990年の『ラヴクラフトの幻想怪奇館』（大陸書房）が走りと言ってよいでしょう。「レッドフックの恐怖」「エーリッヒ・ツァンの音楽」「アウトサイダー」「魔犬」「死体安置所にて」「宇宙からの色」が収められていました。同社の倒産とともに絶版になっているのが残念です。その後、1995年に田中文雄監修のアンソロジー『妖神降臨　ク・リトル・リトル神話コミック』（アスキー出版局）が刊行されました。こちらはR・B・ジョンソンの「地の底深く」など、ラヴクラフト以外の作品もコミカライズされているのが特徴です。

　通史でもふれたとおり、2009年より、ＰＨＰ研究所のクラシック・コミックでラヴクラフト作品コミカライズが始まり、11冊まで刊行されています。こうしてラヴクラフト作品の半分近くが漫画化され、追随する青心社の『クトゥルーは眠らない』1・2と合わせると、多数のクトゥルフ作品が漫画で読めるようになりつつあります。

そのほか、クトゥルフ神話の直撃を受けた、ホラー系やＳＦ系の漫画家は非常に多く、諸星大二郎、板橋しゅうほう、士郎正宗など多くの作家がクトゥルフ神話の雰囲気や用語を取り込んだ作品を発表しています。

■オリジナル作品

本格的な国産オリジナル神話作品といえば、まず、1987年から《コミック・ノーラ》に掲載された矢野健太郎の『邪神伝説』シリーズ5冊を上げなくてはなりません。邪神の力を得た少女を中心に、人類と邪神の激闘を描く本格的なクトゥルフ神話コミックです。ケイオス・シーカーという対邪神組織が出てくるのも、現代的です。

同様に、ＭＥＩＭＵの『ＤＥＡＴＨ』シリーズも、封印された魔書『死者の黙示録』が解き放たれ、古の邪神が復活、仮面の力を得た少女が時空を越えて邪神と戦うというもので、明確にクトゥルフ神話の系譜を受け継いでいます。ＭＥＩＭＵは小林泰三のクトゥルフ系短編「玩具修理者」や、グループＳＮＥ原案でクトゥルフ色の強いゲーム「ラプラスの魔」のコミカライズもしています。

槻城ゆう子の『召喚の蛮名』は、神智科という魔法学科に転入させられた主人公を巡る魔術物語ですが、魔道書として『死霊秘法』（ネクロノミコン）や『無名祭祀書』などが登場、ビヤーキー、クトゥルフなどが召喚されて魔術バトルを展開します。

八房龍之介『宵闇幻燈草子』では千葉県南部の漁村「寄群」を舞台にした「インスマウスの影」へのオマージュ・エピソードがあります。

井田辰彦（現イダタツヒコ）の初期作品『外道の書』は世界の叡智を包含する魔道書がテーマとなっており、魔道書化された人間が触手めいた変形をするなど明確にクトゥルフ神話的な要素を見せています。同様に、田沼雄一郎の『Princess of Darkness』にはヒロインの祖父が遺した『アルハザード』という

魔書が登場し、ヒロインを変身させます。

格闘漫画で名高い岡田芽武の『ニライカナイ　遥かなる根の国』は琉球神話とクトゥルフ神話を組み合わせた傑作。ウチナーグチ（琉球言葉）で語られる『ネクロノミコン』、本格的に描き出されるニャルラトテプ（夜に吼える者形態）など、感嘆すべき発想です。

高橋葉介はクトゥルフ神話にインスパイアされたホラー系作品が多く、デビュー二作目の「触角」で早くも「ピックマンのモデル」に言及しており、その後も『夢幻紳士』などにクトゥルフ神話要素を入れ込んでいます。

斎藤岬『魔殺ノート　退魔針』は、菊地秀行原作の伝奇アクションで、東洋の秘法「針」の技術でクトゥルフの邪神と戦っていきます。

後藤寿庵の『ALICIA・Y』は、「ダンウィッチの怪」の後日談で、ウェイトリイ家が誕生させた邪神の娘アリシア・Yが、ジョン・ディーの邪神復活計画と戦うというもの。長らく幻の作品とされてきましたが、電子コミックサイト《Jcomi》にて復活しました。

原作猪原賽、漫画横島一の『伴天連ＸＸ』は、片腕がナイトゴーントになった武芸者、無命獅子緒が、邪神の眷属と戦うクトゥルフ時代劇で、ニャルラトテプ、ニョグサ、ティンダロスの猟犬など神話存在が次々登場します。

この他、クトゥルフ神話に手を染めている作家は多々います。例えば、ガロを主戦場とした谷弘兒(たにひろじ)さんは、ハードボイルドな作品を描く傍ら、《別冊幻想文学　クトゥルー倶楽部》に、ラヴクラフトとウィルバー・ウェイトリイの出会いを描いた「摩天楼の影」を寄稿している他、近年に至るまで散発的に神話作品を発表していますが、主な活動ジャンルと異なり、まとめて単行本化もされていないため、なかなか神話作家としての存在を知られずにいます。

クトゥルフ神話とゲーム
朱鷺田祐介

■クトゥルフ神話とゲーム

　近年のクトゥルフ神話の発展には少なからず、小説以外の分野、ことにゲームの影響が大きいものです。

　第一に、ケイオシアム社が1981年に発売したロールプレイングゲーム『クトゥルフの呼び声』（日本語版はホビージャパンより1986年に発売。現在絶版）がゲーマー層への拡大の手助けとなりました。その後、2004年に『クトゥルフ神話ＴＲＰＧ』として日本語版がエンターブレインから復刊していますが、2社にわたり、日本語版だけでも25年以上プレイされてきたことで、クトゥルフ神話の裾野を広める大きな役割を果たしています。アニメ化されたライトノベル『這いよれ！　ニャル子さん』の中にも、「ＳＡＮ値直葬」など、ＴＲＰＧ由来のクトゥルフ神話スラングが入り込み、一般化しました。

　第二に、クトゥルフ神話を題材にしたゲームが話題になることがあります。その代表が2003年に、Nitro＋から発売されたPC用の18禁美少女ゲーム『斬魔大聖デモンベイン』で、魔道書ネクロノミコンを美少女化した上、邪神復活を目指す魔法結社とロボットで戦うという、日本らしいクトゥルフ神話の扱い方で人気を博し、アニメ化されました。ゲームのノヴェライズ作品も注目すべきクォリティで、さらにオリジナルの外伝では、本編の約100年前を扱い、機械語式の魔道書を登場させるなど、ユニークな作品となりました。

■ TRPG

　さて、第一のポイントである「クトゥルフの呼び声」ＴＲＰＧについて補足しましょう。

　ＴＲＰＧ（テーブルトークＲＰＧ）とは、現在、ゲーム機などで一般的になっている、デジタル・ゲームのＲＰＧではなく、その祖先に当たる会話型のアナログ・ゲームです。歴史的に見れば、本来、ＲＰＧとはこちらのアナログ・ゲームを指すべきですが、日本ではデジタル・ゲームの普及が先行し、普及度が高いため、区別するために、アナログ・ゲームの方をあえて、テーブルトークＲＰＧ（ＴＲＰＧ）と呼ばれるようになりました。最初のＴＲＰＧ『ダンジョンズ＆ドラゴンズ』が発売されたのが1974年ですが、当初はファンタジーやＳＦの世界を再現していたものが大半でした。

　1981年にアメリカのケイオシアム社のサンディ・ピータースンによって『クトゥルフの呼び声』が製作されました。このゲームの中では、プレイヤーは神話作品に登場するような探索者となり、奇怪な事件に挑みます。

　ＴＲＰＧの場合、より長く遊んでもらうために、ゲームのシナリオやアイテム、データなどを集めたサプリメントと呼ばれる拡張セットが刊行されます。エンターブレイン版の『クトゥルフ神話ＴＲＰＧ』の場合、邪神や眷属を集めた『マレウス・モンストロルム』、クトゥルフ神話の世界設定を詳細に紹介した『Ｈ・Ｐ・ラヴクラフト　アーカム』や『ラヴクラフトの幻夢境』『ダニッチの怪』『インスマスからの脱出』などがあります。さらに資料編としてケイオシアム社が編纂した『エイボンの書』やクトゥルフ神話用語事典『エンサイクロペディア・クトゥルフ』が翻訳されているし、国産オリジナル作品でも、ラヴクラフトが生きていた頃の日本を扱った『クトゥルフと帝国』、戦国時代を扱った『比叡山炎上』などいくつも刊行されています。

　これらはゲームをする上、必要なデータを得るために、クトゥルフ神話作品

からさまざまな要素を拾い上げ、ゲームで遊べるように加工したものですが、同時に、非常に貴重なクトゥルフ神話研究書、もしくは、データ・ソースとなっており、ジャンルをより豊かにしている面があります。

■ＳＡＮチェック

『クトゥルフの呼び声』ＲＰＧには、ホラーを再現するために、狂気に関するルールがあります。プレイヤーが扱うキャラクターには、生命力を表すＨＰのほかに、正気度があり、ゲーム中に、奇怪な事件に遭遇し、恐怖を感じるたびに失われていきます。一度に5点以上失われると、一時的な狂気に陥る可能性が生じ、あまり減りすぎると回復不能の永続的な狂気に陥ってしまいます。このルールにより、怪物を見たり、あるいはおぞましい事実を知ってしまったりするだけでおかしくなっていく人物像が再現されています。

ゲーム中、正気度が減るかどうかの判定は、正式には正気度ロールと呼ばれますが、正気度（Sanity）の略称「ＳＡＮ」を取って、ＳＡＮチェックとも呼ばれています。こちらの俗称が広く知れ渡り、一種のゲーム・スラングとして普及しました。『這いよれ！ ニャル子さん』とともに広がったネット・スラング「ＳＡＮ値直葬」は、強大な邪神に遭遇してしまい、正気度が一気に喪失してしまう様子を表す俗語です。

「クトゥルフ神話検定」想定問題集
出題・朱鷺田祐介

＊次ページより掲載するのは、検定の出題を想定した例題20問です。模擬試験として、あるいは「クトゥルフ神話トリビアクイズ」として、お楽しみください。

＊問題は四者択一です。正解と思われるものを番号でお答えください。

＊解答は「資料編」最終ページに掲載してあります。

【問1】ラヴクラフトのフルネームはどれ？
1：ハワード・フィリップス・ラヴクラフト
2：ハーバート・フィリップス・ラヴクラフト
3：ハンフリー・ファルカス・ラヴクラフト
4：ヘンリー・フィル・ラヴクラフト

【問2】ラヴクラフト「クトゥルフの呼び声」において、沼地の邪教カルトを摘発したニューオーリンズ警察の警部の名前は？
1：ルグラース　　2：マクロード
3：バーナビー　　4：銭形

【問3】ラヴクラフト以外で初めてクトゥルフ神話を書いたのは？
1：オーガスト・ダーレス　　　2：ロバート・E・ハワード
3：フランク・ベルナップ・ロング　　4：クラーク・アシュトン・スミス

【問4】オーガスト・ダーレスとともに、アーカム・ハウスを興したのは？
1：ドナルド・ワンドレイ　　　2：ファーンズワース・ライト
3：ソニア・グリーン　　　　　4：フランク・ベルナップ・ロング

【問5】ラヴクラフト「ダンウィッチの怪」に登場するヘンリー・アーミティッジ博士の勤務先は？
1：アーカム財団　　　　　　　2：アメリカ国防総省
3：ミスカトニック大学付属図書館　　4：キングズポート病院

【問6】「黒の碑」の作者ロバート・E・ハワードの映画化された代表作は？

1：コナン・ザ・グレート　　　2：サイコ
3：猿の惑星　　　　　　　　4：エルリック・サーガ

【問7】『ネクロノミコン』を英訳したとされる、16世紀イギリスの錬金術師としても有名な数学者は？
1：ヨハネス・ケプラー　　　2：ジョン・ディー
3：ルネ・デカルト　　　　　4：アダム・リース

【問8】アーカムにあり、『ネクロノミコン』ラテン語版を所蔵する大学の名前は？
1：ハーヴァード大学　　　　2：ミスカトニック大学
3：ヴィクトリア大学　　　　4：マサチューセッツ工科大学

【問9】クトゥルフ神話の用語は本によって異なる。クトゥルフもＴＲＰＧでは「クトゥルフ神話」、青心社の《暗黒神話大系クトゥルー》、国書刊行会の《真ク・リトル・リトル神話大系》と多彩である。
では、創元推理文庫の『ラヴクラフト全集1』では？
1：ク・リトル・リトル　　　2：クトゥルー
3：クトゥルフ　　　　　　　4：クルウルウ

【問10】朝松健がアンソロジー『秘神』で設定し、以降、朝松および何人かの作家が作品の舞台とした、日本のインスマウスというべき千葉県海底郡の街は？
1：Ｃ市　　　2：蔭州升
3：夜刀浦　　4：壇ノ市

【問11】アニメ化されたライトノベル『這いよれ！　ニャル子さん』（ＧＡ文庫）は第1回ＧＡ文庫大賞優秀賞作品ですが、そのさいに付けられていた題名は？
1：ニャルラトホテプ：ザ・ラヴクラフト・コメディ
2：夢見るままに待ちいたり
3：邪神少女ニャル子さん
4：這いよれ、邪神少女

【問12】江戸川乱歩がクトゥルフ神話を初めて紹介した雑誌は？
1：幻影城　　　2：宝石
3：新青年　　　4：白樺

【問13】ラヴクラフトの好物は？
1：魚介料理　　　　　　2：アイスクリーム
3：イングリッシュマフィン　　4：ハンバーガー

【問14】ラヴクラフト「闇に囁くもの」で言及されるアトランティスの高僧クラーカッシュ・トンのモデルは？
1：クラーク・アシュトン・スミス　　2：オーガスト・ダーレス
3：フランク・ベルナップ・ロング　　4：ロバート・Ｅ・ハワード

【問15】水木しげる『地底の足音』に影響を与えたラヴクラフト作品は？
1：ダンウィッチの怪　　2：ピックマンのモデル
3：名状しがたきもの　　4：狂気の山脈にて

【問16】若きロバート・ブロックが敬愛するラヴクラフトを惨殺した作品は？

1：星から訪れたもの　　　2：暗黒のファラオの神殿
3：尖塔の影　　　　　　　4：アーカム計画

【問17】ラヴクラフトは若い頃から天文学好きだった。その頃、新発見され、「ユゴスと呼ぶべきだ」とラヴクラフトを狂喜させた天体とは？
1：ブラックホール　　　　2：中性子星
3：冥王星　　　　　　　　4：ハレー彗星

【問18】ラヴクラフト「ダンウィッチの怪」でウェイトリイ親子が奇怪な儀式をした場所は？
1：ンガイの森　　　　　　2：アイルズベリー街道
3：センティネル丘　　　　4：セヴァン渓谷

【問19】クラーク・アシュトン・スミスが生み出した中世フランス風の異世界の名前は？
1：イルーニュ　　　　　　2：アヴェロワーニュ
3：ゾティーク　　　　　　4：ヒュペルボレオス

【問20】ラヴクラフト「クトゥルフの呼び声」において、浮上したルルイエと思しき島の緯度と経度は？
1：南緯47度9分、西経126度43分
2：南緯47度9分、東経126度43分
3：北緯47度9分、西経126度43分
4：南緯126度43分、西経47度9分

【資料編】

国書刊行会《定本ラヴクラフト全集》収録小説一覧　**176**
創元推理文庫《ラヴクラフト全集》収録小説一覧　**179**
創土社《ブックス・メタモルファス》ラヴクラフト書籍収録小説一覧　**181**

国書刊行会『ク・リトル・リトル神話集』および
《新編　真ク・リトル・リトル神話大系》収録小説一覧　**183**
青心社文庫《暗黒神話大系　クトゥルー》収録小説一覧　**186**

主要翻訳クトゥルフ神話アンソロジー収録小説一覧　**191**
主要創作クトゥルフ神話アンソロジー収録小説一覧　**193**

国書刊行会《定本ラヴクラフト全集》
S・T・ヨシ校訂　矢野浩三郎監訳
▲アメリカのラヴクラフト研究者S・T・ヨシの校訂によるテキストに準拠し、編年体で出版された全集。創作メモ、幼年期作品、合作・共作、評論、詩、エッセイ、書簡までを収め、周辺資料も充実し、小説以外を含む全集としては目下のところ唯一。また、邪神等の名称表記については、アメリカの研究者による発音に準拠している。監訳は矢野浩三郎、編集委員は宮壁定雄、那智史郎。

『定本ラヴクラフト全集1　小説編Ⅰ』
(1984)
「洞窟に潜むもの」　The Beast in the Cave(1918)
「錬金術師」　The Alchemist(1916)
「奥津城」　The Tomb(1922)
「デイゴン」　Dagon(1919)
「北極星」　Polaris(1920)
「眠りの壁を超えて」　Beyond the Wall of Sleep(1919)
「忘却」　Memory(1919)
「ファン・ロメロの変容」　Transition of Juan Romero(1944)
「白い帆船」　The White Ship(1919)
「サーナスの災厄」　The Doom That Came to Sarnath(1920)
「ランドルフ・カーターの証言」　The Statement of Randolph Carter(1920)
「怪老人」　The Terrible Old Man(1920)
「木魅」　The Tree(1921)
「ウルサーの猫」　The Cats of Ulthar(1920)
「海底の神殿」　The Temple(1925)
「アーサー・ジャーミン卿の秘密」　Facts Concerning the Late Arthur Jermyn and His Family(The White Ape)(1921)
「古い通りの物語」　The Street(1920)
「光の都セレファイス」　Celephais(1922)
「向こう側」　From Beyond(1934)
「ナイアーラソテップ」　Nyarlathotep(1920)
「一枚の絵」　The Picture in the House(1919)
「忘却の彼方へ」　Ex Oblivione(1921)
「廃都」　The Nameless City(1921)
「流離の王子イラノン」　The Quest of Iranon(1935)
「月沼」　The Moon-Bog(1926)
「アウトサイダー」　The Outsider(1926)
「異形の神々の峰」　The Other Gods(1933)
「エーリッヒ・ツァンの音楽」　The Music of Erich Zann(1922)
(幼年期作品)
「小さなガラスびん」　Little Glass Bottle
「秘密のどうくつ」　The Secret Cave
「墓のなぞ」　The Mystery of the Graveyard
「不思議な船」　The Mysterious Ship

『定本ラヴクラフト全集2　小説編Ⅱ』
(1984)
「死体蘇生者ハーバート・ウェスト」　Herbert West-The Reanimator(1922)
「ヒュプノス」　Hypnos(1923)
「月の魔力」　What the Moon Brings(1923)

【資料編】

「妖犬」 The Hound(1924)
「おそろしきもの潜む」 The Lurking Fear(1923)
「壁のなかの鼠」 The Rats in the Walls(1924)
「名状しがたきもの」 The Unnamable(1925)
「祝祭」 The Festival(1925)
「斎忌の館」 The Shunned House(1937)
「緑瞑記」 The Green Meadow(1927) エリザベス・バークレーとの合作
「詩と神々」 Poety and the Gods(1920) アンナ・H・クラフツとの合作
「ファラオと共に幽閉されて」 Imprisoned with the Pharaohs(1924) ハリー・フーディーニ名義

『定本ラヴクラフト全集3　小説編Ⅲ』
(1984)
「レッドフック街怪事件」 The Horror At Red Hook(1927)
「あいつ」 He(1926)
「死体安置所で」 In the Vault(1925)
「冷気」 Cool Air(1928)
「クスルウーの喚び声」 The Call of Cthulhu(1928)
「ピックマンのモデル」 Pickman's Model(1927)
「銀の秘鑰」 The Silver Key(1929)
「霧のなかの不思議の館」 The Strange High House in the Mist(1931)
「幻夢境カダスを求めて」 The Dream-Quest of Unknown Kadath(1933執筆、1948発表)
「這いうねる混沌」 Crawling Chaos(1921)エリザベス・バークレーとの合作
「死灰」 Ashes(1924)C・M・エディー・ジュニアとの共作

『定本ラヴクラフト全集4　小説編Ⅳ』
(1984)
「狂人狂騒曲　チャールズ・デクスター・ウォードの怪事件」 The Case of Charles Dexter Ward(1941)
「異次元の色彩」 The Color Out of Space(1927)
「『死霊秘法』釈義」 History and Chronology of 'Necronomicon'(1936)
「イビッド」 Ibid(1940)
「ダンウィッチの怪」 The Dunwich Horror(1929)

『定本ラヴクラフト全集5　小説編Ⅴ』
(1984)
「闇に囁くもの」 The Whisper in Darkness(1931)
「狂気山脈」 At the Mountains of Madness(1936)
「インズマウスの影」 The Shadow Over Innsmouth(1936)

『定本ラヴクラフト全集6　小説編Ⅵ』
(1984)
「魔女屋敷で見た夢」 The Dreams in the Witch House(1933)
「戸をたたく怪物」 The Thing on the Doorstep(1937)
「超時間の影」 The Shadow Out of Time(1936)
「闇の跳梁者」 The Haunter of the Dark(1936)

「邪悪なる牧師」 The Evil Clergyman(The Witched Clergyman)(1939)
「銀の秘鑰の門を越えて」 Through the Gates of the Silver key(1934) E・H・プライスとの合作
「エリックスの迷路」 In the Walls of Eryx(1939)ケネス・スターリングとの共作
「夜の海」 The Night Ocean(1936) R・H・バーロウとの合作

『定本ラヴクラフト全集7－Ⅰ　評論編』
(1985)
＊「文学と超自然的恐怖」など、幻想文学を中心とした評論の巻。共作小説のみ記載。
「アフラーの魔術」 The Sorcery of Aphlar(1934)ドゥエイン・ライメルとの共作
「新世紀前夜の決戦」 The Battle that Ended the Century(1944) R・H・バーロウとの合作

『定本ラヴクラフト全集7－Ⅱ　詩編』
(1986)
＊長詩「ヨゴス星より」など、詩作の巻。共作小説のみ記載。
「午前四時」 (1922?) ソニア・グリーンとの共作
「人狼の森」 Ghost-Eater(1924) C・M・エディー・ジュニアとの共作

『定本ラヴクラフト全集8　エッセイ編』
(1986)
＊略

『定本ラヴクラフト全集9　書簡編Ⅰ』
(1986)
＊共作小説のみ記載
「二つの黒い壜」 Two Black Bottles(1927)ウィルフレッド・B・タルマンとの共作
「海の水涸れて」 Till All the Seas(1935)ロバート・H・バーロウとの共作

『定本ラヴクラフト全集10　書簡編Ⅱ』
(1986)
＊共作小説のみ記載
「丘の上の樹木」 The Tree on the Hill(1940)ドゥエイン・ライメルとの共作

【資料編】

創元推理文庫《ラヴクラフト全集》
▲当初は2巻の《ラヴクラフト傑作集》だったが、1984年から全集として第3巻以降を継続。89年の第6巻刊行から中断、16年後の2005年に完結。2007年には共作作品を集めた別巻上下が刊行された。

『ラヴクラフト全集1』大西尹明訳（旧題『ラヴクラフト傑作集1』）(1974)
「インスマウスの影」 The Shadow Over Innsmouth
「壁のなかの鼠」 The Rats in the Walls
「死体安置所にて」 In the Vault
「闇に囁くもの」 The Whisperer in Darkness

『ラヴクラフト全集2』宇野利泰訳（旧題『ラヴクラフト傑作集2』）(1976)
「クトゥルフの呼び声」 The Call of Cthulhu
「エーリッヒ・ツァンの音楽」 The Music of Erich Zann
「チャールズ・ウォードの奇怪な事件」 The Case of Charles Dexter Ward

『ラヴクラフト全集3』大瀧啓裕訳(1984)
「ダゴン」 Dagon
「家のなかの絵」 The Picture in the House
「無名都市」 The Nameless City
「潜み棲む恐怖」 The Lurking Fear
「アウトサイダー」 The Outsider
「戸口にあらわれたもの」 The Thing on the Doorstep
「闇をさまようもの」 The Haunter of the Dark

「時間からの影」 The Shadow Out of Time

『ラヴクラフト全集4』大瀧啓裕訳(1985)
「宇宙からの色」 The Color Out of Space
「眠りの壁の彼方」 Beyond the Wall of Sleep
「故アーサー・ジャーミンとその家系に関する事実」 Facts Concerning the Late Arthur Jarmyn and His Family (The White Ape)
「冷気」 Cold Air
「彼方より」 From Beyond
「ピックマンのモデル」 Picman's Model
「狂気の山脈にて」 At the Mountains of Madness

『ラヴクラフト全集5』大瀧啓裕訳(1987)
「神殿」 The Temple
「ナイアルラトホテップ」 Nyarlathotep
「魔犬」 The Hound
「魔宴」 The Festival
「死体蘇生者ハーバート・ウェスト」 Herbert West-Reanimator
「レッド・フックの恐怖」 The Horror at Red Hook
「魔女の家の夢」 The Dream in the Witch House
「ダニッチの怪」 The Dunwich Horror
「資料「ネクロノミコン」の歴史」 History of 'Necronomicon'

『ラヴクラフト全集6』大瀧啓裕訳(1989)

「白い帆船」 The White Ship
「ウルタールの猫」 The Cats of Ulthar
「蕃神」 The Other Gods
「セレファイス」 Celephais
「ランドルフ・カーターの陳述」 The Statement of Randolph Carter
「名状しがたいもの」 The Unnamable
「銀の鍵」 The Silver Key
「銀の鍵の門を越えて」 Through the Gates of the Silver Key
「未知なるカダスを夢に求めて」 The Dream-Quest of Unknown Kadath

『ラヴクラフト全集7』大瀧啓裕訳（2005）
「サルナスの滅亡」 The Doom That Came to Sarnath
「イラノンの探求」 The Quest of Iranon
「木」 The Tree
「北極星」 Polaris
「月の湿原」 The Moon-Bog
「緑の草原」 Green Meadow ＊イリザベス・バークリイとの合作
「眠りの神」 Hypnos
「あの男」 He
「忌み嫌われる家」 The Shunned House
「霊廟」 The Tomb
「ファラオとともに幽閉されて」 Imprisoned with the Pharaohs ＊ハリー・フーディーニ名義
「恐ろしい老人」 The Terrible Old Man
「霧の高みの不思議な家」 The Strange High House in the Mist
「錬金術師」 The Alchemist
「洞窟の獣」 The Beast in the Cave
「通り」 The Street

「詩と神々」 Poety and the Gods ＊アンナ・H・クロフツとの合作
「本」 The Book
「末裔」 The Descendant
「アザトホース」 Azathoth
「ファン・ロメロの変容」 The Transition of Juan Romero

『ラヴクラフト全集 別巻上』大瀧啓裕訳（2007）共作集
「這い寄る混沌」 Crawling Chaos イリザベス・バークリイ
「マーティン浜辺の恐怖」 The Horror at Martin's Beach ソウニャ・H・グリーン
「灰」 Ashes クリフォード・M・エディ・ジュニア
「幽霊を喰らうもの」 The Ghost-Eater クリフォード・M・エディ・ジュニア
「最愛の死者」 The Loved Dead クリフォード・M・エディ・ジュニア
「見えず、聞こえず、語れずとも」 Deaf, Dumb, and Blind クリフォード・M・エディ・ジュニア
「二本の黒い壜」 Two Black Bottles ウィルフリド・ブランチ・トールマン
「最後の検査」 The Last Test アドルフェ・デ・カストロ
「イグの呪い」 The Curse of Yig ズィーリア・ビショップ
「電気処刑器」 The Electric Executioner アドルフェ・デ・カストロ
「メドゥサの髪」 Medusa's Coil ズィーリア・ビショップ
「罠」 The Trap H・S・ホワイトヘッド

【資料編】

『ラヴクラフト全集　別巻下』大瀧啓裕訳（2007）共作集
「石の男」 The Man of Stone ヘイズル・ヒールド
「羽のある死神」 Winged Death ヘイズル・ヒールド
「博物館の恐怖」 The Horror in the Museum ヘイズル・ヒールド
「永劫より」 Out of the Aeons ヘイズル・ヒールド
「墓地の恐怖」 The Horror in the Burying-Ground ヘイズル・ヒールド
「山の木」 The Tree on the Hill ドゥエイン・W・ライムル
「すべての海が」 Till A'the Seas R・H・バーロウ
「墓を暴く」 The Disinterment ドゥエイン・W・ライムル
「アロンゾウ・タイパーの日記」 The Diary of Alonzo Typer ウィリアム・ラムリイ
「エリュクスの壁のなかで」 In the Walls of Eryx ケニス・スターリング
「夜の海」 The Night Ocean R・H・バーロウ

創土社《ブックス・メタモルファス》ラヴクラフト作品集

　創土社は1969年、学藝書林の編集者だった井田一衛が創設した。日本文化とは異質なものを、という方針が、いつしか幻想文学を中心とした出版活動に結びつく。ダンセイニ、ラヴクラフトと、荒俣宏の初期の翻訳書を出したことでも知られる。

　なお、現在〈クトゥルー・ミュトス・ファイルズ〉やゲームブックを出版している創土社とは、別会社である。

『暗黒の秘儀』仁賀克雄編訳　1972
▲日本初のラヴクラフト傑作集。1985年に『暗黒の秘儀 −コズミックホラーの全貌』として文庫化（朝日ソノラマ文庫海外シリーズ　1985）。
「海神ダゴン」 Dagon
「白い帆船」 The White Ship
「夢の都市セレファイス」 Celephais
「海底の神殿」 The Temple
「エーリッヒ・ツァンの音楽」 The Music of Erich Zann
「アウトサイダー」 The Outsider
「暗黒の秘儀」 The Festival
「納骨所の中で」 In the Vault
「クートゥリュウの呼び声」 The Call of Cthulhu
「戸口の怪物」 The Thing on the Doorstep
「冷気」 Cool Air
「超時間の影」 The Shadow out of Time
「月の沼」 The Moon-Bog

《ラヴクラフト小説全集》荒俣宏編
▲日本初のラヴクラフト全集。全4巻を予定していたが、第2、3巻は未完。荒俣宏以下、鏡明、竹上明（野村芳夫）、森美樹和（大瀧啓裕）、安田均が翻訳した。のちに荒俣訳の作品を抜粋、作品を追加して再編集したものが、『ラヴクラフト恐怖の宇宙史』（角川ホラー文庫1993）として出版される。

『ラヴクラフト小説全集1』荒俣宏編 1975
「錬金術師」 The Alchemist 荒俣宏訳
「ポラリス」 Polaris 竹上明訳
「妖犬」 The Hound 荒俣宏訳
「潜み棲む恐怖」 The Lurking Fear 森美樹和訳
「壁のなかの鼠」 The Rats in the Walls 森美樹和訳
「忌まれた家」 The Shunned House 荒俣宏訳
「ピックマンのモデル」 Pickman's Model 鏡明訳
「異次元の色彩」 The Color out of Space 荒俣宏訳
「ナイアルラトホテップ」 Nyarlathotep 荒俣宏訳
「闇に這う者」 The Haunter of the Dark 荒俣宏訳
「ランドルフ・カーターの弁明」 The Statement of Randolf Carter 荒俣宏訳
「銀の鍵」 The Silver Key 安田均訳
「銀の鍵の門を超えて」 Through the Gate of the Silver Key 荒俣宏訳

『ラヴクラフト小説全集4』荒俣宏編

1978
「狂気の山にて」 At the Mountains of Madness 荒俣宏訳
「魔女の家でみた夢」 The Dreams in the Witch House 森美樹和訳
「闇にささやく者」 The Whisperer in Darkness 森美樹和訳
「超時間の影」 The Shadow out of Time 森美樹和訳

『ラヴクラフト 恐怖の宇宙史』荒俣宏編
角川ホラー文庫　1993
▲特記なきかぎり荒俣宏訳。「魔女の家で見た夢」は新訳。巻頭の2篇と、コリン・ウィルスン「ロイガーの復活」を追加収録。
「廃墟の記憶」 Memory 紀田順一郎訳
「アウトサイダー」 The Outsider 平井呈一訳
「ニャルラトホテップ」 Nyarlathotep
「錬金術師」 The Alchemist
「妖犬」 The Hound
「異次元の色彩」 The Color out of Space
「忌まれた家」 The Shunned House
「闇に這う者」 The Haunter of the Dark
「狂気の山にて」 At the Mountains of Madness
「魔女の家で見た夢」 The Dreams in the Witch House
「ランドルフ・カーターの弁明」 The Statement of Randolf Carter
「銀の鍵の門を超えて」 Through the Gates of the Silver Key
「わが幼年期を語る」（エッセイ）

【資料編】

国書刊行会『ク・リトル・リトル神話集』
荒俣宏編（1976）

▲荒俣宏・紀田順一郎編による怪奇小説叢書《ドラキュラ叢書》の1冊。荒俣宏の選により、ラヴクラフトの共作や、ラヴクラフト・サークルの作家たちの神話作品を一望できる画期的なアンソロジーとして、今も広く読まれている。

「アルハザードのランプ」 The Lamp of Alhazred H・P・ラヴクラフト＆オーガスト・ダーレス →ク10-05

「永却より」 Out of the Eons ヘイゼル・ヒールド →全別下、ク07-04

「インスマスの追跡」 The Watcher from the Sky H・P・ラヴクラフト＆オーガスト・ダーレス →ク02-02「エイベル・キーンの書置」

「イグの呪い」 The Curse of Yig ゼリア・ビショップ →全別上、ク07-07

「博物館の恐怖」 The Horror in the Museum ヘイゼル・ヒールド →全別下、ク01-06

「魔女の谷」 Witches' Hollow H・P・ラヴクラフト＆オーガスト・ダーレス →ク09-04

「破風の上のもの」 The Thing on the Roof ロバート・E・ハワード →ク08-03

「屋根の上に」

「黄の印」 The Yellow Sign R・W・チェンバース →ク03-02

「白蛆の襲来」 The Coming of the White Worm クラーク・アシュトン・スミス

「地の底深く」 Fair Below R・B・ジョンソン →ク13-03「遙かな地底で」

「墳墓の末裔」 The Nameless Offspring クラーク・アシュトン・スミス →ク08-06「名もなき末裔」

国書刊行会《新編 真ク・リトル・リトル神話大系》

▲1982年から84年にかけて刊行された《真ク・リトル・リトル神話大系》全10巻11冊から、ラヴクラフト作品のみを収録した第5巻と、評論編の第7巻、第8巻を除外し、作品の発表年代順に再編集したもの。収録作品末尾の（ ）内数字は、旧版の収録巻を示す。

(1) →『真ク・リトル・リトル神話大系1』黒魔団編 1982

(2) →『真ク・リトル・リトル神話大系2』黒魔団編 1982

(3) →『真ク・リトル・リトル神話大系3』那智史郎編 1982

(4) →『真ク・リトル・リトル神話大系4』那智史郎編 1983

(5) →『真ク・リトル・リトル神話大系5』那智史郎編 1983

(6-I)(6-II) →『真ク・リトル・リトル神話大系6』(2分冊) ラムジー・キャンベル編 1983

(7) →『真ク・リトル・リトル神話大系7』S・T・ヨシ編 1983

(8) →『真ク・リトル・リトル神話大系8』S・T・ヨシ、アンソニー・レイヴン、ゲリー・デ・ラ・リー編 1984

(9) →『真ク・リトル・リトル神話大系9』那智史郎編 1984

(10) →『真ク・リトル・リトル神話大系10』那智史郎編 1984

『新編 真ク・リトル・リトル神話大系1』
2007
01-01「廃都」 The Nameless City H・P・ラヴクラフト（1）
01-02「妖魔の爪」 The Invisible Monster ソニア・グリーン（1） →全別上「マーティン浜辺の恐怖」
01-03「怪魔の森」 The Space-Eaters フランク・ベルナップ・ロング（2） ク09-03「喰らうものども」
01-04「俘囚の塚」 The Mound ゼリア・ビショップ（10） →ク12-08「墳丘の怪」
01-05「電気処刑器」 The Electric Executioner アドルフォ・デ・カストロ（1）全別上、ク08-04
01-06「夜歩く石像」 The Horror from the Hills フランク・ベルナップ・ロング（4） →ク11-07「恐怖の山」

『新編 真ク・リトル・リトル神話大系2』
(2007)
02-01「納骨堂綺談」 The Occupant of the Crypt オーガスト・ダーレス&マーク・スコラー（4）
02-02「魔道師の挽歌」 The Door to Saturn クラーク・アシュトン・スミス（3） →ク05-10「魔道士エイボン」
02-03「足のない男」 The Tree-Men of M'Bwa ドナルド・ワンドレイ（10）
02-04「脳を喰う怪物」 The Brain-Eaters フランク・ベルナップ・ロング（1）
02-05「羅睺星魔洞」 The Lair of the Star-Spawn A・ダーレス&M・スコラー（1） →ク08-05「潜伏するもの」
02-06「奈落より吹く風」 The Thing That Walked on the Wind オーガスト・ダーレス（9） →ク04-05「風に乗りて歩むもの」
02-07「屍衣の花嫁」 The Lady in Grey ドナルド・ワンドレイ（10）
02-08「暗恨」 The Sealed Casket リチャード・シーライト（10）
02-09「彼方よりの挑戦」 The Challenge From Beyond C・L・ムーア／A・メリット／H・P・ラヴクラフト／ロバート・E・ハワード／フランク・ベルナップ・ロング（2）
02-10「妖蛆の秘密」 The Shambler From the Stars ロバート・ブロック（2） →ク07-01「星から訪れたもの」
02-11「顔のない神」 The Faceless God ロバート・ブロック（4） →ク05-07「無貌の神」
02-12「嘲嗤う屍食鬼」 The Grinning Ghoul ロバート・ブロック（1） →ク13-05「哄笑する屍食鬼」
02-13「探綺書房」 The Guardian of the Book ヘンリイ・ハッセ（10） →ク13-04「本を守護する者」

『新編 真ク・リトル・リトル神話大系3』
2008
03-01「セイレムの怪異」 The Salem Horror ヘンリー・カットナー（1） →ク07-06「セイレムの恐怖」
03-02「墓地に潜む恐怖」 The Horror in the Burying Ground ヘイゼル・ヒールド（2） →全別下
03-03「暗黒の接吻」 The Black Kiss ロバート・ブロック&ヘンリー・カットナー（1） →ク11-03「暗黒の口づけ」
03-04「セベックの秘密」 The Secret of Sebek ロバート・ブロック（3） →ク

【資料編】

09-05「セベクの秘密」
03-05「メデューサの呪い」 Medusa's Coil ゼリア・ビショップ（3）→全別к
03-06「触手」 The Invaders ヘンリー・カットナー（3）→ク08-02「侵入者」
03-07「ハイドラ」 Hydra ヘンリー・カットナー（1）→ク09-06「ヒュドラ」
03-08「幽遠の彼方に」 Beyond the Threshold A・ダーレス（4）→ク05-08「戸口の彼方へ」

『新編 真ク・リトル・リトル神話大系4』
（2008）
04-01「月に跳ぶ人」 Leapers ロバート・A・W・ローンズ（10）
04-02「深淵の王者」 Spawn of the Green C・ホール・トンプソン（10）→ク13-08「緑の深淵の落とし子」
04-03「爬虫類館の相続人」 The Survivor H・P・ラヴクラフト＆オーガスト・ダーレス（1）→ク06-02「生きながらえるもの」
04-04「開かずの部屋」 The Shuttered Room H・P・ラヴクラフト＆A・ダーレス（2）→ク07-08「閉ざされた部屋」
04-05「第七の呪文」 The Seventh Incantation J・P・ブレナン（3）
04-06「妖虫」 The Insects from Shaggi ラムゼイ・キャンベル（9）
04-07「異次元通信機」 The Plain of the Sound ラムゼイ・キャンベル（9）
04-08「暗黒星の陥穽」 The Mine on Yuggoth J・ラムゼイ・キャンベル（3）
04-09「ポーの末裔」 The Dark Brotherhood H・P・ラヴクラフト＆A・ダーレス（4）

04-10「魔界へのかけ橋」 The Horror From the Middle Span H・P・ラヴクラフト＆オーガスト・ダーレス（3）→ク06-01「恐怖の巣食う橋」

『新編 真ク・リトル・リトル神話大系5』
（2008）
05-01「深海の罠」 The Cyprus Shell ブライアン・ラムレイ（4）
05-02「大いなる帰還」 The Sister City ブライアン・ラムレイ（3）
05-03「ク・リトル・リトルの恐怖」 The Horror Out of Lovecraft ドナルド・A・ウォルハイム（2）
05-04「妖蛆の館」 The House of the Worm ゲイリー・メイヤース（3）
05-05「闇に潜む頭(あぎと)」 Usurp the Night ロバート・E・ハワード（3）
05-06「窖(あな)」 The Well レイ・ジョーンズ（9）
05-07「墳墓の主」 Dweller in the Tomb リン・カーター（9）
05-08「シャッガイ」 Shaggai リン・カーター（9）
05-09「黒の詩人」 The House in the Oaks ロバート・E・ハワード＆オーガスト・ダーレス（9）
05-10「インスマスの影像」 The Innsmouth Clay H・P・ラヴクラフト＆オーガスト・ダーレス（9）
05-11「盗まれた眼」 Rising with Surtsey ブライアン・ラムレイ（9）
05-12「続・深海の罠」 Deep-Sea Conch ブライアン・ラムレイ（9）
05-13「呪術師(パパロイ)の指輪」 The Rings of the Papaloi D・J・ウォルシュ・ジュニア（2）

『新編 真ク・リトル・リトル神話大系6』（2008）（6-Ⅰ）
06-01「クラウチ・エンドの怪」 Crouch End スティーヴン・キング
06-02「不知火」 The Star Pools A・A・アタナジオ
06-03「木乃伊の手」 The Second Wish ブライアン・ラムレイ
06-04「暗黒の復活」 Dark awakening フランク・ベルナップ・ロング
06-05「シャフト・ナンバー247」 Shaft Number 247 ベジル・コッパー

『真ク・リトル・リトル神話大系7』（2008）（6-Ⅱ）
07-01「角笛をもつ影」 Black Man with a Horn T・E・D・クライン
07-02「アルソフォカスの書」 The Black Tome of Alsophocus H・P・ラヴクラフト&マーチン・S・ワーネス
07-03「蠢く密林」 Than Curse the Darkness デビッド・ドレイク
07-04「パイン・デューンズの顔」 The Faces at Pine Dunes ラムゼイ・キャンベル

青心社文庫《暗黒神話大系シリーズ クトゥルー》
▲1980年から85年にかけて、《クトゥルー》シリーズとしてハードカバーで全6巻を刊行。88年より文庫化、増補・再編集を経て13巻で完結。
　各作品末尾のローマ数字は、《クトゥルー》の収録巻を示す。
Ⅰ→『クトゥルーⅠ　闇の黙示録』(1980)
Ⅱ→『クトゥルーⅡ　永劫の探求』(1981)
Ⅲ→『クトゥルーⅢ　暗黒の儀式』(1982)
Ⅳ→『クトゥルーⅣ　邪神の復活』(1983)
Ⅴ→『クトゥルーⅤ　異次元の影』(1983)
Ⅵ→『クトゥルーⅥ　幻妖の創造』(1985)

『暗黒神話大系　クトゥルー1』大瀧啓裕他訳（1988）
01-01「クトゥルーの呼び声」 The Call of Cthulhu H・P・ラヴクラフト
01-02「破風の窓」 The Gable Window H・P・ラヴクラフト&オーガスト・ダーレス（Ⅰ）
01-03「アロンソ・タイパーの日記」 The Diary of Alonzo Typer ウイリアム・ラムリー（Ⅰ）→全別下
01-04「ハスターの帰還」 The Return of Hastur オーガスト・ダーレス（Ⅰ）
01-05「無人の家で発見された手記」 Notebook Found in a Deserted House ロバート・ブロック（Ⅰ）
01-06「博物館の恐怖」 The Horror in the Museum ヘイゼル・ヒールド　→全別下、神
01-07「ルルイエの印」 The Seal of R'lyeh オーガスト・ダーレス（Ⅰ）
01-08「クトゥルー神話の神神」（資料）

【資料編】

H. P. Lovecraft: The Gods リン・カーター（Ⅰ）

『暗黒神話大系クトゥルー2』オーガスト・ダーレス著　大瀧啓裕・岩村光博訳（1988）
02-01「アンドルー・フェランの手記」The Manuscript of Andrew Phelan（Ⅱ）
02-02「エイベル・キーンの書置」The Deposition of Abel Keane（Ⅱ）→神「インスマスの追跡」
02-03「クレイボーン・ボイドの遺書」The Testament of Claiborne Boyd（Ⅱ）
02-04「ネイルランド・コラムの記録」The Statement of Nayland Colum（Ⅱ）
02-05「ホーヴァス・ブレインの物語」The Narrative of Horvath Blayne（Ⅱ）
02-06「クトゥルー神話の魔道書」（資料）H. P. Lovecraft: The Book リン・カーター（Ⅰ）

『暗黒神話大系 クトゥルー3』大瀧啓裕編（1989）
03-01「カルコサの住民」An Inhabitant of Carcosa アンブローズ・ビアス（Ⅵ）
03-02「黄の印」The Yellow Sign ロバート・W・チェンバース →神
03-03「彼方からのもの」The Hunters from Beyond クラーク・アシュトン・スミス（Ⅵ「彼方からの猟犬」改題）
03-04「邪神の足音」The Pacer オーガスト・ダーレス＆M・スコーラー（Ⅵ）
03-05「暗黒のファラオの神殿」Fane of the Black Pharaoh ロバート・ブロック（Ⅵ）
03-06「サンドウィン館の怪」The Sandwin Compact オーガスト・ダーレス（Ⅵ）
03-07「妖術師の帰還」The Return of the Sorcerer クラーク・アシュトン・スミス（Ⅵ）
03-08「丘の夜鷹」The Whippoorwills in the Hills オーガスト・ダーレス（Ⅵ）
03-09「銀の鍵の門を越えて」Through the Gates of the Silver Key H・P・ラヴクラフト（Ⅵ）

『暗黒神話大系 クトゥルー4』大瀧啓裕編（1989）
04-01「魔犬」The Hound H・P・ラヴクラフト（Ⅴ）
04-02「魔宴」The Festival H・P・ラヴクラフト（Ⅴ）
04-03「ウボ・サスラ」Ubbo-Sathla クラーク・アシュトン・スミス
04-04「奇形」The Mannikin ロバート・ブロック（Ⅴ）
04-05「風に乗りて歩むもの」The Thing Walked on the Wind オーガスト・ダーレス（Ⅴ）新02-06「奈落より吹く風」
04-06「七つの呪い」The Seven Gease クラーク・アシュトン・スミス（Ⅴ）
04-07「黒い石」The Black Stone ロバート・E・ハワード（Ⅴ）
04-08「闇に棲みつくもの」The Dweller in the Darkness オーガスト・ダーレス（Ⅴ）
04-09「石像の恐怖」The Man of Stone ヘイゼル・ヒールド（Ⅰ）→全別下「石の男」
04-10「異次元の影」The Shadow out of Space H・P・ラヴクラフト＆オーガス

ト・ダーレス（Ⅴ）
04-11「アーカムそして星の世界へ」 To Arkham and the Stars フリッツ・ライバー（Ⅴ）

『暗黒神話大系 クトゥルー5』 大瀧啓裕編（1989）
05-01「ピーバディ家の遺産」 The Peabody Heritage H・P・ラヴクラフト＆オーガスト・ダーレス
05-02「ティンダロスの猟犬」 The Hounds of Tindalos フランク・ベルナップ・ロング（Ⅳ）
05-03「墓はいらない」 Dig Me No Grave ロバート・E・ハワード（Ⅳ）
05-04「臨終の看護」 The Death Watch ヒュー・B・ケイヴ（Ⅰ）
05-06「闇の魔神」 The Dark Demon ロバート・ブロック（Ⅳ）
05-07「無貌の神」 The Faceless God ロバート・ブロック（Ⅳ）　→新02-11「顔のない神」
05-08「戸口の彼方へ」 Beyond The Threshold オーガスト・ダーレス（Ⅳ）　→新03-08「幽遠の彼方に」
05-09「谷間の家」 The House in the Valley オーガスト・ダーレス（Ⅳ）
05-10「魔道士エイボン」 The Door to Saturn クラーク・アシュトン・スミス（Ⅳ）　→新02-02「魔道師の挽歌」他
05-11「アタマウスの遺言」 The Testament of Athammaus クラーク・アシュトン・スミス（Ⅳ）

『暗黒神話大系 クトゥルー6』 大瀧啓裕編（1989）
06-01「恐怖の巣食う橋」 The Horror from the Middle Span H・P・ラヴクラフト＆オーガスト・ダーレス　→新04-10「魔界へのかけ橋」
06-02「生きながらえるもの」 The Survivor H・P・ラヴクラフト＆オーガスト・ダーレス　→新04-03「爬虫類館の相続人」
06-03「暗黒の儀式」 The Lurker at the Threshold H・P・ラヴクラフト＆オーガスト・ダーレス（Ⅲ）

『暗黒神話大系 クトゥルー7』 大瀧啓裕編（1989）
07-01「星から訪れたもの」 The Shambler from the Stars ロバート・ブロック　→新02-10「妖蛆の秘密」
07-02「闇をさまようもの」 The Haunter of the Dark H・P・ラヴクラフト
07-03「尖塔の影」 The Shadow from the Steeple ロバート・ブロック
07-04「永劫より」 Out of the Eons ヘイゼル・ヒールド　→全別下、神
07-05「アッシュールバニパルの焔」 The Fire of Asshurbanipal ロバート・E・ハワード
07-06「セイレムの恐怖」 The Salem Horror ヘンリー・カットナー　→新03-01「セイレムの怪異」
07-07「イグの呪い」 The Curse of Yig ゼリア・ビショップ　→全別上、神
07-08「閉ざされた部屋」 The Shuttered Room H・P・ラヴクラフト＆オーガスト・ダーレス　→新04-04「開かずの部屋」

【資料編】

『暗黒神話大系 クトゥルー8』
大瀧啓裕編（1990）
08-01「屋根裏部屋の影」The Shadow in the Attic H・P・ラヴクラフト＆オーガスト・ダーレス
08-02「侵入者」The Invaders ヘンリー・カットナー →新03-06「触手」
08-03「屋根の上に」The Thing on the Roof ロバート・E・ハワード →神「破風の上のもの」
08-04「電気処刑器」The Electric Executioner アドルフェ・デ・カストロ →全別上、新1
08-05「潜伏するもの」The Lair of the Star-Spawn オーガスト・ダーレス＆M・スコーラー →新02-05「羅睺星魔洞」
08-06「名もなき末裔」The Nameless Offspring クラーク・アシュトン・スミス →神「墳墓の末裔」
08-07「インスマスを覆う影」The Shadow Over Innsmouth H・P・ラヴクラフト

『暗黒神話大系 クトゥルー9』大瀧啓裕編（1993）
09-01「謎の浅浮彫り」Something in Wood オーガスト・ダーレス
09-02「城の部屋」The Room in the Castle ラムジー・キャンベル
09-03「喰らうものども」The Space-Eaters フランク・ベルナップ・ロング →新01-03「怪魔の森」
09-04「魔女の谷」Witches' Hollow H・P・ラヴクラフト＆オーガスト・ダーレス →神
09-05「セベクの秘密」The Secret of Sebek ロバート・ブロック →新03-04「セベックの秘密」
09-06「ヒュドラ」Hydra ヘンリー・カットナー →新03-07「ハイドラ」
09-07「闇に囁くもの」The Whisperer in Darkness H・P・ラヴクラフト

『暗黒神話大系 クトゥルー10』大瀧啓裕編（1997）
10-01「ファルコン岬の漁師」The Fisherman of Falcon Point H・P・ラヴクラフト＆オーガスト・ダーレス
10-02「妖術師の宝石」The Sorcerer's Jewel ロバート・ブロック
10-03「クラーリッツの秘密」The Secret of Kralitz ヘンリー・カットナー
10-04「クトゥルーの眷属」Demons of Cthulhu ロバート・シルヴァーバーグ
10-05「グラーグのマント」The Mantle of Graag フレデリック・ポール, H・ドクワイラー＆R・A・W・ロウンデズ
10-05「アルハザードのランプ」The Lamp of Alhazred H・P・ラヴクラフト＆オーガスト・ダーレス →神
10-06「チャールズ・デクスター・ウォード事件」The Case of Charles Dexter Ward H・P・ラヴクラフト

『暗黒神話大系 クトゥルー11』大瀧啓裕編（1998）
11-01「深淵の恐怖」The Abyss ロバート・A・W・ロウンデズ
11-02「知識を守るもの」The World of Knowledge リチャード・F・シーライト
11-03「暗黒の口づけ」The Black Kiss ロバート・ブロック＆ヘンリー・カット

ナー →新03-03「暗黒の接吻」
11-04「窖に潜むもの」 The Creeper in the Crypt ロバート・ブロック
11-05「狩りたてるもの」 The Hunt ヘンリー・カットナー
11-06「蛙」 The Frog ヘンリー・カットナー
11-07「恐怖の山」 The Horror from the Hill フランク・ベルナップ・ロング →新01-06「夜歩く石像」

『暗黒神話大系 クトゥルー12』大瀧啓裕編（2002）
12-01「アルハザードの発狂」 Why Abdul Al Hazred Went Mad D・R・スミス
12-02「サタムプラ・ゼイロスの物語」 The Tale of Satampra Zeiros クラーク・アシュトン・スミス
12-03「ヒュプノス」 Hypnos H・P・ラヴクラフト
12-04「イタカ」 Ithaqua オーガスト・ダーレス
12-05「首切り入り江の恐怖」 Terror in Cut-Throat Cove ロバート・ブロック
12-06「湖底の恐怖」 The Horror from the Depths オーガスト・ダーレス＆マーク・スコーラー
12-07「モスケンの大渦巻き」 Spawn of the Maelstrom オーガスト・ダーレス＆マーク・スコーラー
12-08「墳丘の怪」 The Mound ゼリア・ビショップ →新01-04「俘囚の塚」

『暗黒神話大系 クトゥルー13』大瀧啓裕編（2005）
13-01「彼方からあらわれたもの」 Something from Out There オーガスト・ダーレス
13-02「エリック・ホウムの死」 The Passing of Eric Holm オーガスト・ダーレス
13-03「遙かな地底で」 Far Below ロバート・バーバー・ジョンスン →神「地の底深く」
13-04「本を守護する者」 The Guardian of the Book ヘンリイ・ハーセ →新02-13「探綺書房」
13-05「哄笑する屍食鬼」 The Grinning Ghoul ロバート・ブロック →新02-12「嘲嗤う屍食鬼」
13-06「ブバスティスの子ら」 The Brood of Bubastis ロバート・ブロック
13-07「恐怖の鐘」 Bells of Horror ヘンリー・カットナー
13-08「緑の深淵の落とし子」 Spawn of the Green Abyss カール・H・トムスン →新04-02「深淵の王者」
13-09「深きものども」 The Deep Ones ジェイムズ・ウェイド

【資料編】

《主要翻訳神話作品アンソロジー》

『ラヴクラフトの遺産』Lovecraft's Legacy（1990）
ロバート・E・ワインバーグ＆マーティン・H・グリーンバーグ編　夏来健次・尾之上浩司訳　創元推理文庫（2000）
▲ラヴクラフト生誕百年を記念して企画された、トリビュート・アンソロジー。クトゥルフ神話に限定してはいないが、ラヴクラフトが後世に残した影響の大きさを感じさせる。
「序　H・P・ラヴクラフトへの公開書簡」 Introduction: An Open Letter to H. P. Lovecraft ロバート・ブロック
「間男」 The Other Man レイ・ガートン
「吾が心臓の秘密」 A Secret of the Heart モート・キャッスル
「シェークスピア奇譚」 Will グレアム・マスタートン
「大いなる"C"」 Big 'C' ブライアン・ラムレイ
「忌まわしきもの」 Ugly ゲイリイ・ブランドナー
「血の島」 The Blade and the Claw ヒュー・B・ケイヴ
「霊魂の番人」 Soul Keeper ジョゼフ・A・シトロ
「ヘルムート・ヘッケルの日記と書簡」 From the Papers of Helmut Hecker チェト・ウイリアムスン
「食屍姫メリフィリア」 Myrphillia ブライアン・マクノートン
「黄泉の妖神」 Lord of the Land ジーン・ウルフ
「ラヴクラフト邸探訪記」 H. P. L. ゲイアン・ウィルソン
「邪教の魔力」 The Order of Things Unknown エド・ゴーマン
「荒地」 The Barrens F・ポール・ウィルスン

『インスマス年代記』上下 Shadows Over Innsmouth（1994）
スティーヴァン・ジョーンズ編　大瀧啓裕訳　学研M文庫（2001）
▲ラヴクラフト「インスマスを覆う影」への、イギリスの作家たちによるトリビュート・アンソロジー。
〔上〕
「序文 -深きものどもの落とし子」 Introduction スティーヴァン・ジョーンズ
「インスマスを覆う影」 The Shadow Over Innsmouth H・P・ラヴクラフト
「暗礁の彼方に」 Beyond the Reef ベイザル・カパー
「大物」 The Big Fish ジャック・ヨウヴィル
「インスマスに帰る」 Return to Innsmouth ガイ・N・スミス
「横断」 The Crossing エイドリアン・コール
「長靴」 Down to the Boots D・F・ルイス
「ハイ・ストリートの教会」 The House in High Street ラムジイ・キャンブル
「インスマスの黄金」 Innsmouth Gold デイヴィッド・サットン
〔下〕
「ダオイネ・ドムハイン」 Daoine

Domhain ピーター・トレマイン
「三時十五分前」 A Quarter to Three キム・ニューマン
「プリスクスの墓」 The Tomb of Priscus ブライアン・ムーニイ
「インスマスの遺産」 The Innsmouth Heritage ブライアン・ステイブルフォード
「帰郷」 The Homecoming ニコラス・ロイル
「ディープネット」 Deepnet デイヴィッド・ラングフォード
「海を見る」 To See the Sea マイカル・マーシャル・スミス
「ダゴンの鐘」 Dagon's Bell ブライアン・ラムリイ
「世界の終わり」 Only the End of World Again ニール・ゲイマン

『ラヴクラフトの世界』 Return to Lovecraft country (1997)
S・D・アニオロフスキ編　大瀧啓裕訳　青心社文庫（2006）
▲ラヴクラフトの生地プロヴィデンスや、おなじみのアーカムはじめ、ダニッチ、インスマス、セイレムなど、ラヴクラフト作品の舞台を作品で再訪するアンソロジー。軽妙な作風で英米では人気のC・J・ヘンダースンや、ラヴクラフト研究家として著名なロバート・M・プライスも参加している。トマス・リゴッティの世界幻想文学大賞候補作や、T・E・D・クラインの『復活の儀式』原形中篇を収録しているのも貴重だ。
「その後」 In the Times After フレッド・ベーレント
「闇のプロヴィデンス」 Dark Providence ドン・ダマサ
「点を結ぶ」 Connect the Dots ドナルド・R・バーリスン
「アーカムの蒐集家」 The Arkham Collector ピーター・キャナン
「ダニッチの破滅」 The Doom That Came to Dunwich リチャード・A・リュポフ
「魔宴の維持」 Keeping Festival マリイ・L・バーリスン
「腔腸動物フランク」 Frank the Cnidarian ベンジャミン・アダムズ
「タトゥル」 Tuttle ジェイムズ・ロバート・スミス
「コロンビア・テラスの恐怖」 The Horror at Columbia Terrace C・J・ヘンダースン
「ヒッチハイカー」 The Hitch ゲアリイ・サムター
「裏道」 The Shunpike ロバート・M・プライス
「ファン・グラーフの絵」 Van Graf's Painting J・トッド・キングリア
「ポーロス農場の変事」 The Events at Poroth Farm T・E・D・クライン
「ハーレクインの最後の祝祭」 The Last Feast of Harlequin トマス・リゴッティ
「ヴァーモントの森で見いだされた謎の文書」 Strange Manuscript Found in the Vermont Woods リン・カーター

【資料編】

《主要創作クトゥルフ神話アンソロジー》

『クトゥルー怪異録　極東邪神ホラー傑作集』学研ホラーノベルズ（1994）
▲日本初の創作神話作品アンソロジー。それまで単独で読まれていて、神話作品としては知る人ぞ知るものだった「邪教の神」や「銀の弾丸」から、クトゥルフ・ファンの俳優、佐野史郎の創作までを収録している。巻末には佐野史郎、菊地秀行の対談を収録。2000年に学研M文庫に改編のうえ収録。
「曇天の穴」佐野史郎
「蔭洲升を覆う影」小中千昭
「邪教の神」高木彬光
「銀の弾丸」山田正紀
「出づるもの」菊地秀行
「闇に輝くもの」朝松健
「地の底の哄笑」友成純一

『秘神―闇の祝祭者たち―』朝松健編　アスキー（1999）
▲千葉県の架空の町、夜刀浦を舞台に、五作家が神話作品を書き下ろした、一種のシェアード・ワールド的アンソロジー。のちに夜刀浦は朝松健『弧の増殖』の舞台となる。
「プロローグ　～眠りの帳を超えて～」朝松健
「襲名」飯野文彦
「『夜刀浦領』異聞」朝松健
「ウツボ」図子慧
「碧の血」井上雅彦
「はざかい」立原透耶
「エピローグ　～秘神の口の中へ～」朝松健

　＊解説（笹川吉晴）、1ページカット（高橋葉介、諸星大二郎、山田章博）を収録

朝松健編『秘神界』全二巻　創元推理文庫（2002）
▲朝松健が『秘神』をより拡大させ、自由な枠で神話作品を募った企画。ジャンルを超えた多彩な作家が、好きなテーマ、好きな長さで書き下ろした神話作品を一堂に会する。
なお、このアンソロジーはLairs of the Hidden Gods のタイトルで、2005年から2007年にかけて、ロバート・プライスの序文を追加し、Kurodahan Pressから四巻の英訳版が出版された。
〔歴史編〕
「序文　触手ノ思ヒ出」朝松健
「おどり喰い」山田正紀
「五月二十七日」神野オキナ
「恐怖率」小中千昭
「逆しまの王国」松尾未来
「苦思楽西遊傳」立原透耶
「邪宗門伝来秘史（序）」田中啓文
「五瓶劇場　戯場国邪神封陣」芦辺拓
「蛇蜜」松殿理央
「夜の聲　夜の旅」井上雅彦
「明治南島伝奇」紀田順一郎
「聖ジェームズ病院」朝松健
　＊評論／マンガ（米沢嘉博）、映画（鷲巣義明）、ゲーム（安田均）
　＊資料／創作（久留賢治）、コミック（星野智）、映画（青木淳）
〔現代編〕
「序文　鰓ノアル日常」朝松健
「怪奇俳優の手帳」佐野史郎
「清・少女」竹内義和

「土神の贄」村田基
「ルシャナビ通り」伏見健二
「ユアン・スーの夜」南條竹則
「屍の懐剣(ネクロファロス)」牧野修
「泥濘(ぬかるみ)」飯野文彦
「イグザム・ロッジの夜」倉阪鬼一郎
「地底湖の怪魚」田中文雄
「天にまします……」安土萌
「インサイド・アウト」友成純一
「語りかける愛に」柴田よしき
「或る彼岸の接近」平山夢明
「夢見る神の都」妹尾ゆふ子
「暗闇に一直線」友野詳
「C市」小林泰三
「道」荒俣宏
　＊評論／音楽（霜月蒼）、オカルティズム（原田実）
　＊各篇扉絵／高橋葉介、谷弘兒、槻城ゆう子、森野達弥、山田章博、ＪＥＴ

児嶋都　企画・監修『邪神宮　闇に囁くものたちの肖像』学研パブリッシング（2011）
▲2011年5月に、銀座の2つの画廊「ヴァニラ画廊」「スパンアートギャラリー」で開催された、児嶋都企画・監修による「クトゥルフ神話アート」展覧会の出品作品に書き下ろし小説を加えた図録。アートと小説が同じ比重で扱われ、神話がさまざまな創作の源泉になることを、あらためて見せてくれる、類を見ないアンソロジーである。井上雅彦が立体造形で、京極夏彦が書でと、小説家が別の作品でクトゥルフを表現しているのは興味深い。さらに、朝宮運河によるアート作品の解説は味読に値する。小説の参加者も斬新

かつ個性的で、作品も印象深い。
「無明都市」岩井志麻子
「セラエノ放逐」円城塔
「十億年浴場」真藤順丈
「ブラメオーネ」松村進吉
「手紙」嶽本野ばら
「魔界幻視」飴村行
「歓喜する贄」黒史郎
「顆粒」平山夢明
〈アート作品〉山下昇平、伊藤潤二、荒井良、児嶋都、森馨、フランソワ・アモレッティ、宇野亜喜良、三浦悦子、山本タカト、高橋葉介、井上雅彦、天野行雄、SONIC、小岐須雅之、京極夏彦

＊＊＊＊＊＊＊＊＊＊＊＊＊＊＊

「クトゥルフ神話検定」想定問題集・解答

【問1】1【問2】1【問3】3
【問4】1【問5】3【問6】1
【問7】2【問8】2【問9】3
【問10】3【問11】2【問12】2
【問13】2【問14】1【問15】1
【問16】1【問17】3【問18】3
【問19】2【問20】1

「クトゥルフ神話検定」公式テキスト　スタッフ紹介

朱鷺田祐介（監修・執筆）
スザク・ゲームズ代表。ＴＲＰＧデザイナー、ライター。代表作に『深淵第二版』（ゲームデザイン）、『シャドウラン20th Anniversary　ルールブック』（翻訳）などがある。クトゥルフ神話関係では、著書に『クトゥルフ神話ガイドブック』『クトゥルフ神話超入門』（共に新紀元社）、『クトゥルフ神話ＴＲＰＧ比叡山炎上』（エンターブレイン）があるほか、多方面にわたって神話関連の執筆活動を展開している。《ナイトランド》にフリートーク風エッセイ「金色の蜂蜜酒を飲みながら」を連載中。

笹川吉晴（執筆）
文芸評論家。《Ｓ−Ｆマガジン》（早川書房）《ナイトランド》にてホラー書評を担当。ホラーをはじめ、ミステリ、ＳＦ、時代小説など広い守備範囲と該博な知識、確かな批評姿勢は高い評価を受けている。クトゥルフ神話関係の評論に「邪神崇拝者の肖像　我が内なるクトゥー」（朝松健編『秘神―闇の祝祭者たち』所収　アスキー）などがある。

植草昌実（編集・執筆）
《ナイトランド》編集長。翻訳家。訳書に『名探偵登場』（ウォルター・サタスウェイト著　創元推理文庫）、『予期せぬ結末１　ミッドナイト・ブルー』（共訳。ジョン・コリア著　井上雅彦編　扶桑社ミステリー）などがある。

《ナイトランド》
福岡市の出版社トライデント・ハウスが発行する、季刊のホラー＆ダークファンタジー専門誌。2012年3月の創刊以降、著名作家の本邦初訳作や新鋭作家の野心作、怪奇幻想系統の文学賞の受賞作や、日本作家の創作やホラー関連の文章を、毎号掲載している。おもに直接販売、定期購読で展開。取扱書店と定期購読者は号ごとに増加中。http://www.trident.ne.jp

クトゥルフ神話検定 公式テキスト

2013年9月4日　初版発行

監修	朱鷺田祐介（ときた・ゆうすけ）
執筆	朱鷺田祐介（ときた・ゆうすけ） 植草昌実（うえくさ・まさみ） 笹川吉晴（ささがわ・よしはる）
編集	ナイトランド編集部 株式会社新紀元社編集部
DTP	東京カラーフォト・プロセス株式会社
発行者	藤原健二
発行所	株式会社新紀元社 〒160-0022　東京都新宿区新宿1-9-2-3F TEL：03-5312-4481 FAX：03-5312-4482 http://www.shinkigensha.co.jp/ 郵便振替　00110-4-27618
印刷・製本	株式会社リーブルテック

ISBN978-4-7753-1166-0
定価はカバーに表示してあります。
Printed in Japan